全民微阅读系列

撕毁的信任

杨永汉 著

江西高校出版社

图书在版编目（ＣＩＰ）数据

撕毁的信任／杨永汉著．—南昌：江西高校出版社，2017.9（2020.2 重印）

（全民微阅读系列）

ISBN 978-7-5493-6030-7

Ⅰ．①撕… Ⅱ．①杨… Ⅲ．①小小说—小说集—中国—当代 Ⅳ．①I247.82

中国版本图书馆 CIP 数据核字（2017）第 222983 号

出版发行	江西高校出版社
社　　址	江西省南昌市洪都北大道 96 号
总编室电话	(0791)88504319
销售电话	(0791)88592590
网　　址	www.juacp.com
印　　刷	永清县晔盛亚胶印有限公司
经　　销	全国新华书店
开　　本	700mm×1000mm　1/16
印　　张	14
字　　数	180 千字
版　　次	2017 年 10 月第 1 版 2020 年 2 月第 2 次印刷
书　　号	ISBN 978-7-5493-6030-7
定　　价	36.00 元

赣版权登字-07-2017-1143

版权所有　侵权必究

图书若有印装问题，请随时向本社印制部(0791-88513257)退换

目录 / CONTENTS

惠惠　　/001

古塔　　/003

与对手竞争　　/005

最后的坚持　　/008

黑锅　　/011

活着真好　　/013

错位　　/016

留守　　/018

临终的心愿　　/021

撕毁的信任　　/023

黄河源头　　/026

风雨中的美丽　　/028

颖、松和拉西　　/031

生日　　/033

不会游泳的男孩　　/035

当真　　/038

看戏　　/040

犯罪的老许　　/043

天堂　　/046

坏种　　/048

贤夫　　/051

三人行　　/054

觉醒　　/056

价值　　/059

哭丧　　/062

名医张　　/065

梦幻中的金顶　　/068

遗弃的卡片　　/070

迷失的网友　　/073

玉佩　　/076

义贼　　/078

会混　　/081

以血还血　　/083

月亮妈妈　　/085

兑奖　　/088

创意　　/090

信　　/093

爱的力量　　/094

傻帽老于　　/097

报答　　/098

修路　　/101

承诺　　/102

比赛来信　　/105

母爱的温暖　　/107

索酬　　/110

眼光　　/111

被通缉的江小西　　/113

古董　　/115

红与青　/116

跳楼　/118

红色舞衣　/119

裂变　/121

奇石　/123

悔恨　/126

利用　/127

知音　/130

是祸是福　/131

跳出来的价值　/134

阴差阳错　/137

拆台　/140

悟道　/141

免费接吻　/143

戒指　/146

实话　/148

小树坑变成了大鱼塘　/150

画家与印象派画　/152

疏忽　/153

老侯的退休生活　/155

路障　/157

因祸得福　/159

智囊型万能发财器　/161

借钱　/163

加工　　／165

玉如意　　／167

挂职　　／170

招数　　／172

变相免费　　／175

找新闻　　／176

谁说我是流氓　　／178

功德　　／180

最后一回　　／183

底线　　／185

杀鸡　　／188

生死草　　／191

失身　　／193

理发　　／196

报复　　／198

大个杨　　／202

穿越宋朝　　／204

鸡血红玉镯　　／207

坐禅　　／210

逃兵　　／213

心魔　　／215

惠　惠

　　做梦也没有想到,惠惠是那样的姑娘。

　　惠惠今年18岁,性格腼腆内向,见人未说话先脸红,可是,难以想象,就是这样温和善良、循规蹈矩的未婚姑娘却怀了孕。

　　最先知道惠惠怀孕的,是惠惠的嫂子。

　　刚入夏脱了春装,心细的惠惠嫂子就看出一向身材苗条的惠惠肚子明显凸起,她就将这一重大发现告诉了惠惠的哥哥。惠惠哥哥将妻子痛骂了一顿,说她糟蹋自己的妹妹。不过骂归骂,他从此之后开始注意观察惠惠的行动举止。恰在这时,惠惠不舒服了,吃点饭就想呕吐,原本肉乎乎、胖墩墩的圆脸不几天就显得异常消瘦。18岁的惠惠没有婆家,没有婆家又怀了孕,这是件有辱门庭的事情。做哥哥的当然不能坐视不管,便把这一沉痛而不幸的消息告诉了惠惠妈。惠惠妈当场矢口否认,说自己养的闺女自己知道,惠惠绝不是那种人。当然,话是那样说,惠惠妈的心里也犯了嘀咕,眼下的姑娘看电视、听广播、赶集上街随意走动,谁敢保证哪一会儿不出事呢?她就暗地里审视,越看越心疑:惠惠吃饭少了,脸色日渐憔悴,甚至也懒得串门了,常常有气无力地坐在床上,痴痴地望着窗外发愣。

　　这天晚上,惠惠妈洗罢锅碗,回到堂屋,看见惠惠早早地睡了,便凑过来长叹一声坐在床头,给惠惠掖掖被子。迟疑了半天,才吞吞吐吐问道:"妮儿,近来你那事儿还有吧?"惠惠就问啥事,

惠惠妈便挑明是说月经。惠惠的脸腾地红了,幽幽的电灯下闪现出几分凄迷和忧伤:"有时一点儿,有时没有,我也正犯愁呢。"

"啥?你也犯愁?"惠惠妈吃惊地看着惠惠的脸。

惠惠点点头。停了停,她坐起来望着妈妈恳求道:"妈,你明儿带我去医院看看吧。"

惠惠妈用手拢了拢惠惠额前的一绺乱发,心事重重地说:"妮儿,你身上有了,说实话,到底跟谁?"

惠惠娇嗔地说:"妈,没有的事儿,你别乱想,真的。"

"妮儿啊,你还小哇!"惠惠妈说着话站起身拍了拍她,"睡吧。"说完就去了东房间。

第二天,惠惠爹就听说了惠惠怀孕的事情。

晚上,脾气古怪的惠惠爹叫来了二娘、嫂子等人。他坐在正间吧嗒吧嗒地吸烟,让惠惠妈去问惠惠肚子里到底是谁的种,说出是谁的就毁了他。

开始,惠惠低声说没有这号事儿,后来还赌咒发誓。爹看她不开口,就站在堂屋咬牙切齿地骂。骂急了,惠惠跪在房门口嘤嘤地抽泣。

惠惠爹顺手操起一根木棍就要打惠惠。惠惠妈就扑上去死命拽住他。二娘走近来悄声劝说,家丑不可外扬,眼下要紧的是想办法打胎。惠惠嫂子说,镇上离家近,建议最好去县医院。

可是,惠惠爹死活不让去医院,他怕传出去丢人。事过之后,他暗地里让惠惠哥去几十里外求一位老中医开了一副打胎药。

药抓回来熬好,起初惠惠宁死不肯喝,妈恩威并施地给她讲,嫂子苦口婆心地劝说她。惠惠无奈,心一横咬牙喝了。打胎药很苦,反应挺大,喝进肚子很疼,惠惠躺在床上直打滚儿,妈、哥、嫂就痛苦地望着她那痛苦的表情,堂屋里的惠惠爹狠狠地骂道:

"你真是个贱畜生。"

一连喝了几副打胎药,惠惠的肚子依旧胀鼓鼓的,仍不见消下去。

惠惠忍受不了这种难耐的折磨,那天晚上就悄悄起来,从床上翻出早已准备好的半瓶剧毒农药喝了,浓重的药味弥漫了整个房间,幸亏惠惠妈发现得早,喊人火速送她到三里外的镇医院。

灌肠、洗胃、挂吊瓶,惠惠终于脱险了。

复检时,医生看见惠惠依然鼓胀的肚子,就不放心,便开了方子,让她再去透视检查。结果,片子出来,确诊为腹腔恶性肿瘤,已到了晚期。

转入县医院,花了两千多元钱仍无效,惠惠又被送回家来。

临咽气的时候,惠惠拉着妈的手说:"妈,老天作证,我没有干丢人的事儿,是吧?"说罢,她迷惘的双眼依次扫过哥、嫂、爹,头缓缓歪过去,双眸大睁着,眼神里流露出对这个世界深深的忧怨和依恋。

古　塔

唐洲城有座建于宋朝的砖石仿木结构的古塔,高50多米,是省重点文物保护单位,现用一圈铁栏杆围起供人参观。

一日,住在附近已经退休的王师傅,无事又来塔下散步。抬头一望,猛然觉得,这塔尖怎么这样斜呢?看似摇摇欲坠。怀着这种忧思的王师傅,回去后顿觉菜不香饭无味,晚上久久难以入

睡。刚刚入梦,忽觉那古塔霎时要倒下来。他猛然坐起,头上冒出一层汗来。

时间一久,王师傅竟忧虑成疾,一病不起。经多次询问,他忧心忡忡地对儿子说,是怕有一天东边那古塔倒下来破财害命。

儿子紧皱的眉头舒展开了,随即劝道:"爸,你是疑心病作怪,就是塔真斜了也没事,意大利的比萨斜塔歪了千把年,现在还不是老样子?"闺女也开导说:"这古塔离咱家五六十米远,咱又住西边,塔向西南歪了,也不会砸到咱这边来。"说话间,顺手还打开窗户,让父亲细看。

但是,说归说,王师傅仍然忧虑萦怀。

那天是双休日,王师傅将儿子、闺女叫到床头,说死去的老伴昨晚上给他托梦,说那古塔很快就要倒了,得抓紧时间搬家躲过这场灾祸。儿子解释道:"你应该相信科学,再说,这是文物,真要会倒,国家是会想办法补救的。"可是,任凭怎样解释他都不信。无奈,儿子只好用三轮车推他到塔下去看看。

可是刚至塔下,未及仰脸细看,王师傅只觉一阵天旋地转般的晕眩,便急催儿子快推他回去。回到家后,王师傅嘴里不住念叨:"这塔是没救了,这塔是没救了。"之后他茶饭不思,躺在床上痴望着屋顶。孝顺的儿子、闺女心疼至极,只得天天给他打点滴。

不久,靠近东窗外的马路边盖起一幢七八层的高楼,遮住了那该死的古塔的影子。儿子想,这一下有救了,便宽慰父亲说:"这座楼把灾难都挡在了门外,爸爸你就安心过自己的日子吧,不要替古人担忧。"可王师傅咳了一阵,用那细若游丝的声音说:"那塔倒了砸坏了楼房,不还是要连累咱的房子咱的人吗?"

儿子一时无以应答。

三日后一个下午,突然,外边一阵"咣咚咚"的轰响,儿子慌忙跑进屋来说："爸,爸,那古塔倒了。"王师傅"呼隆"坐起急问："向哪边倒了？"

儿子答："向南边倒了,正好那边是一片广场。"

王师傅长叹口气,缓缓躺下,眉头展开。

晚上,王师傅食欲大开,被儿子闺女搀到桌前,开了瓶酒叨着菜肴。吃着吃着他忽然又摞起泪来,停了停,说道："这塔一倒,我的心里总有点那个。"

半个月后,王师傅恢复了健康,狂躁不安的心情趋于稳定。

那是个阳光明媚的早晨,王师傅在儿子的陪同下,来到了并未倒下去的古塔下,清新的阳光洒在高高的塔身上,显得古朴典雅、苍茫而迷离。此时,一脸肃穆的王师傅仰望着古塔,心如止水,与以前相比,他像变了一个人。

与对手竞争

最近,腾达化工公司的罗总给销售部选派了一名副经理叫肖一飞,此人是某名牌大学营销系的高才生,希望部门经理车大新多多关照。车大新点头称是,但是,等罗总离开办公室后,他心里暗暗想道："销售部都是基本工资加提成,你肖一飞日后有了辉煌的业绩,那不是在抢我的饭碗吗？"

他们腾达化工公司实际就是一个农药厂,专门生产杀虫剂、除草剂等类药物,因为厂子不大,面临的销售市场竞争激烈,尤其省外销售是块硬骨头,很难开发,所以车大新就想让肖一飞跑省

外销售，可自己又不好直说，就让他先写一个全年销售计划报告再说。

很快，肖一飞就拿出来了一个可行性报告，重点是让公司多投入广告费，增加宣传力度。车大新一看，完全是胡扯淡，每年的广告费都是包干制，只够半年用，哪里有更多的闲余资金？车大新摆着一张苦瓜脸找到罗总喊穷叫苦。罗总就将肖一飞叫到了一起商议这件事情，让他俩各拿出一个方案，重要的是罗总还在最后表示，在这一年内，广告费用就这么多，谁的业绩大，谁就是销售部的经理。最后的结果是，肖一飞提议，将省内和省外的销售分成两块，广告费用一分为二，请车大新先挑选。

车大新是老销售了，知道本省的业务已经形成规模，而省外客户星星点点，出去联系业务、运输货物却开支很大，当然省内的事情要好做多了。不过，他没有喜形于色，而是装作为难地说："我在公司要做好多事情，而小肖年轻有为不可多得，最适合到省外开拓市场，还是让他去吧！"肖一飞看车大新点了自己的将，只好当着罗总的面签订了承包合同。

谁知，肖一飞年轻气盛，一上任就大刀阔斧，他不惜个人贷款，首先讲排场购买了一部面包车，又组建了一支浩浩荡荡的10人歌舞演出队，在周边的五个省份巡回宣传打广告，甚至深入到一些乡镇，趁演出间隙，向农民朋友介绍有关农药的用途和效果。可是，前三个月，他的销售业绩很不理想，而且还亏了几万元。车大新得知消息，心中大喜：看来这年轻人还是嫩哪！等着看他的笑话吧。

后来的事情峰回路转，在下半年的销售中，肖一飞的销售额突飞猛进，不断攀升，业绩竟然达到空前的规模，使得厂里的货物供不应求，到年终一结算，肖一飞的业绩是车大新的七八倍还多。

毫无疑问,肖一飞成了销售部的经理,而车大新只好退居副职。

车大新是个个性很强的人,败于一个新人之手,他觉得很没面子,决定辞职。这天,当辞职报告递到罗总手中时,罗总说,你辞职也可以,但是,在走之前,你是不是再见一下肖一飞好好交接一下呢?车大新点了点头,实际上他也想了解一下,与肖一飞相比自己究竟败在了什么地方?

还没有等车大新找肖一飞,肖一飞听罗总说车大新竟然要辞职,就马上把他请到了一家酒店小酌几杯。

雅间里就他俩,几杯酒下肚,车大新红着脸不解地询问肖一飞:"我想知道,你到底使用了什么方法,短短几个月时间,业绩竟然是我的七八倍?"

肖一飞想了想,说道:"实际也没有什么大不了的,我只是以诚信为本,逐步取得用户的信任。在春天的时候,利用宣传演出,甚至将产品免费给当地的农民使用,并提供定期的技术咨询,这样做,虽然暂时亏赔了一部分,但我们却靠自己的诚信和实力占领了市场,取得了老百姓的信任。到了使用旺季,他们会踊跃购买,当地销售点自然肯进我们的货了。"

两人正说着话,这时,雅间内突然走进来一个人,竟然是罗总。罗总手招了招说:"怎么,不欢迎?"

一时惊愕的肖一飞和车大新忙邀请罗总入座。原来罗总是送走了一个客户之后,看有点时间就赶过来了。他主要想再给车大新解释一下,为什么他让肖一飞加入这个销售团队,目的就是想增加一点竞争的活力,一个公司要生存不能是死水一潭。车大新点头称是。交谈了一阵之后,罗总问车大新知不知道肖一飞与他是啥关系,车大新说,是上下级关系呀!罗总说,你只说对了一部分,肖一飞其实是我的亲外甥,如果想让他做这个销售部的经理,我完全可以直接任命,但是,我要让肖一飞去努力证明自己。"说到这里,罗总郑重地问道:"你现在还想辞职吗?"

车大新不好意思地向罗总要回那份辞职报告,一下子撕掉了,他手一挥说:"明年我和小肖竞争。"

这下罗总马上笑了。在他的提议下,三个人站起来碰杯,然后都爽快地一饮而尽。

最后的坚持

前半晌,毒花花的日头照在小张湾村西头一片空场上,也照在方海芹的头顶上。这会儿,她抹了一把额头上的汗水,又扶正了双拐,挺直了身子。

韭花的家在村子的东头,海芹早饭也没吃,就挂着双拐来到村东头。

这几天,地里的二遍草刚一锄完,人们稍有空闲,"垒长城"活动又开始了,打麻将是全村人最大的娱乐。

距离海芹四五丈远就是韭花的家。

韭花是个寡妇,模样漂亮,很风骚。寡妇门前是非多,风言风语的话让海芹听来难受,海芹已经警告过丈夫大学几次了,可他就是不听。

村里像大学这样二三十岁年纪的人,大多出去打工了。

海芹也让大学出去打工,可他只出去个半年就又回来了,连续两回了,挣的钱没有花的多。再催他,他就说怕海芹他娘儿俩在家干活不方便,受罪。海芹说,咱小山已经十八了,现在不上学,已经能当家立业了。停了停,海芹又气鼓鼓地说,你在家我才受罪呢!

快晌午了,海芹就直直地挂着双拐站在那里,汗水把她的衬衫也浸透了。

背着锄从地里回来的五爷看见海芹,疑惑地问道:你腿不方便,站在这里干啥?海芹就说不干啥。五爷也不好说啥,莫名其妙地走了。

等了一阵儿,邻居三婶从西南角的菜园里摘菜回来,看到海芹站在太阳底下就问道:海芹,你在这里干啥?海芹木着脸说不干啥。三婶就看了一眼韭花的门口,仿佛从中悟出些什么,只见她"嗯"了一声又说道:不对呀,那大门是锁着的呀。海芹没有搭腔,三婶就知趣地走了。

是泡牛屎也该发发沫了。海芹是个柔弱内向的人,把名誉看得很金贵,可这回她再也忍无可忍了,知道不能由着他的性子,哪怕是离婚也无所谓了。刚结婚那阵儿,大学可不是这样子,对海芹可是言听计从。大学的爹死得早,他和娘相依为命,日子过得十分清苦。海芹与大学是高中同学,在学校两人好上了。毕业后,海芹顶着父母不同意的巨大压力,来到了小张湾。可是生下小山的第三年,那天,大学骑自行车带着海芹去县城,半道上,遇上对面一台手扶拖拉机刹车失灵,是海芹匆忙中先跳下了车,一把将大学推下了公路旁边的沟里,而自己却被轧断了一条腿……如今,大学却嫌弃她是个残疾,隔三岔五就会发个脾气,后来竟然还与韭花勾搭上了。她是一百个想不通,她要捍卫自己的尊严。

不知啥时候,三婶叫来了海芹的婆婆。

婆婆拉着她的手让她回去,她死命地挣脱了婆婆。婆婆问她为啥要站在这里,她说不为什么。心地善良的婆婆叫来了近门的

六婶、嫂子,可是任你说个天花乱坠,她就是不走。有人拉她去旁边大槐树下的阴凉地去,她死活不动。婆婆端来了饭,她也不吃。

饭不吃水不喝,海芹一直拄着拐杖顽强不屈地站立在那里。

三婶在婆婆耳畔耳语了几句。

婆婆就气嘟嘟地走到韭花的大院门口,推了推门,看到门是锁着的;扒着门缝向里看,里面也没有任何动静。婆婆就回来告诉海芹说,那里边没有人。

任你怎么说,海芹就是不走。她这样让人想到了一只猫,它堵在一个鼠洞口,一直堵了三天三夜不吃不喝,最终总算把那只老鼠等了出来……

今天的海芹就是这样,一个钟头一个钟头地慢慢熬,她几次栽倒在地,又拼命地爬起来,仍然颤抖着身子站在那里。

太阳向西移了不少,海芹的跟前围了不少的人,不断地劝说、解释。有人也不断抱怨着大学的不是,指责他为人不凭良心,让海芹遭这样的罪。

就在这时候,奇迹发生了,本村的瞎眼老三过来开了韭花的门。解铃还须系铃人,门是他锁的,开门自然还得由他来开。不过是里边的人打电话让他来的。

这时,从里边走出来了大学,也走出来了另两个陪着打麻将的人。韭花看到门外有那么多人,当然不好意思出来了。

垂头丧气的大学走到了自己母亲的面前。海芹婆婆颤抖着手,照着大学的脸上扇下去,然后大骂道:你还是个人吗?

大学跪在了妈的面前。大学说:妈,我错了。

听大学说到这里,旁边,他的妻子方海芹像一座山一样地倒下去了。倒下去后,浑身是汗的她,脸上还带着一丝欣慰的苦笑——为最后的坚持而自豪。

黑　锅

一天,县一中高一(3)班7号女生宿舍胡娜的50元钱被盗了。据她自己说,刚洗罢衣裳,将一张50元钱放在了枕头下,仅去趟厕所,回寝室发现50元钱不翼而飞。她找了一阵子没有找到,便询问其他三位室友,却都说不知道。

午饭后,胡娜将丢钱的事报告给班主任王老师。王老师是位很负责的班主任,在自己班上出现了这种事,一定要弄个水落石出。他马上分别找来了与胡娜同居一室的安惠、彭小娇、苗玲。性情温和的安惠说那一段时间她在图书室,一直未回宿舍;而爸爸是某局局长的彭小娇一听王老师的问话,当下用鼻子"哼"了一声,"呸"一下吐了一口瓜子皮说:"我每月的零花钱都有七八百元,五十块钱,谁稀罕。"说罢,也不等准许,仿佛受了奇耻大辱,她头一扭,便愤愤地离开了办公室。

难道这钱长了翅膀,自己飞了不成?

随后,胡娜得到了一个重要线索,隔壁宿舍一女生说,胡娜出去那一会儿,只有苗玲回过寝室,当然有很大的作案嫌疑。而安惠、彭小娇也分析说,四个人中,只有苗玲来自农村,家里比较穷,这钱肯定是她拿走的。另外,前不久安惠的一只袜子、彭小娇的洗脸毛巾说不定就是她一时糊涂偷走的。

王老师听了胡娜的汇报后,觉得有道理,很快约见了苗玲,采用了攻心战术,反复向她陈明厉害,动之以情晓之以理,循循善诱、软硬兼施,并再三声明,只要承认了错误,保证永不再犯,他会

严守秘密，而且绝不会给她纪律处分。可苗玲犹如一名宁死不屈的共产党员，始终不承认偷过这50元钱。

事情陷入了僵局。

不曾想，3天后，50元钱被盗事件峰回路转有了进展，苗玲在扫地的时候，意外在胡娜床下找到了那50元钱，其中包括两张20元，一张10元的票子。她当即交给了班主任王老师，并且郑重其事地表示，希望几位室友今后再不要胡乱猜疑了。

也许是越描越黑吧，虽然50元钱回到了胡娜的手中，但这件事远远没有结束，安惠、彭小娇与胡娜相聚时仍不断谈论这件事，认为苗玲看到偷钱的事情败露了，假装找到钱然后退回。唉！真是人言可畏，你越不想让人谈论，偏偏这事在同学们中间传得更凶，校园里像炸了锅似的，无论苗玲走到哪儿都有人指指戳戳，说三道四。

由于受不了这种压力，苗玲只得转到县城另一所中学。

之后，勤奋好学、性格倔强的苗玲以优异的成绩考取了某名牌大学，毕业后又主动分回了这座县城。

10年后的一天，身为县一中校长的苗玲，在办公室接待了已下岗两年的昔日同学胡娜，二人寒暄了一阵之后，胡娜惴惴不安地从衣袋里掏出500元钱，放到了苗玲的办公桌上。

一脸惊诧的苗玲不解地问："你这是从何说起？"

沉吟良久，胡娜忏悔般地说明了10多年前那场丢钱事件的真相。原来，那次胡娜的钱是压在了床头被单下一件衣服内，她记错了地方，一直认为在枕头下。苗玲自称扫地时找到了钱并归还于她。10天后，她在自己床单下的衣服里，却意外地找到了那张50元的票子。这会儿，真相已经大白，胡娜知道，那50元钱是苗玲用自己的生活费垫付的。无论如何，她没有勇气向苗玲当面说明白,把钱再还给她。此时,胡娜愧疚地抬起了头说道:"这么多年来……500块钱算是我对你所欠良心债的补偿吧!"

苗玲拿起那叠钱放回到胡娜的手中说:"听说你下岗了,不容易,钱带回去。不过我有个请求,如果有机会你见到了王老师、安惠、彭小娇顺便把这件事的来龙去脉说清楚,因为这个沉重的黑锅让我背了10多年呵!"停了停,她又说道:"如果不嫌弃,过几天你到我们学校食堂上班吧。"

悔恨交加的胡娜紧紧拉着苗玲的手点点头,两串泪珠从她的面颊上滚落下来……

活着真好

华灯初上,当路一玉走进喜洋洋酒店的时候,心情没有一点喜色。他要了七八个好菜,开了一瓶400多元的五粮液自斟自饮起来。这会儿他是满腹怨恨、急火攻心,自己已经28岁了,与未婚妻谈了一年多,眼看将要在"六一"结婚,他的好友王成强仗着自己是部门经理有权、有钱,竟然横刀夺爱俘获了未婚妻的芳心,就这样,自己的心上人却投入了别人的怀抱。所以,他决定今晚报复他们,等喝完了这顿酒,马上就去未婚妻的宿舍理论一番,尔后再找王成强拼个你死我活……

少时,一位服务生走过来问道:"请问先生,还有其他人要来吗?"路一玉乜他一眼回道:"你问这干吗?"那位年轻的服务生喃喃自语:"一个人怎么能要这么多好菜呢,能吃得完吗?"

这时的路一玉心里很不爽,说道:"我吃不完关你屁事?请闭上你的嘴巴。"小伙子讨了个没趣,只好悻悻走了。可是他还没有走多远,路一玉就喊他再拿一瓶五粮液。服务生小心翼翼说,你要的酒还没有喝完,怎么又要拿啊?路一玉此时简直有点愤怒了:"我要酒给你钱啊!怕我不给钱是吧?"说着话,他把一沓钞票甩在了面前的桌子上。

服务生慌忙离开了。

不一会儿来了一位穿着讲究的30多岁男子,他走到路一玉的面前深施一礼,说道:"对不起,刚才我们那位服务生惹你生气了,我是这里的经理,姓惠,特向您致歉。"说罢这些,他很谦恭地问:"请问您还有什么吩咐?"

路一玉瞪着血红的眼睛说:"我,我再要一瓶五粮液。"

"好的,等你喝完了,我会马上让人送来的。"惠经理说完,又客气地问道:"看样子你一个人很寂寞,我来陪你喝一杯好吗?"

考虑了片刻,路一玉望了他一眼,点点头。惠经理坐下后,为自己斟上酒,像老朋友一样与路一玉碰杯,然后,放下杯子后说:"朋友,如果我没有猜错的话,你最近可能遇上了不顺心的事情是吧?不妨聊聊,也可以释放一下精神上的压力。"

几句话一说,真的让路一玉感到了一丝心灵上的抚慰,他又回敬了惠经理一杯酒后,道出了心中的苦水,说了自己打工的压力,说了那位朋友第三者插足和未婚妻的背信弃义……他实在不能理解的是,过去自己海誓山盟的未婚妻,顷刻间却将他一脚踢开另攀高枝。说到这里,他悲愤至极,声称自己是一个顶天立地的男子汉,决不会甘受这等侮辱,他要实施自己的报复计划,自己不能愉快地活着,也决不能让他们自鸣得意……

真诚的惠经理一直坐在那里,听路一玉滔滔不绝地讲述,一直等路一玉说完,他表示了深深的同情和理解,但是,却对路一玉要报复的想法不敢认同。他耐心地向路一玉解释:"你的未婚妻如今弃你而去,说明你们的缘分已经走到了尽头。夫妻恩爱体现的就是两情相悦,她现在不爱你了,那你还有什么要留恋的呢?如果你再要去报复,不但害了别人也害了自己,那更显示出了你的愚昧和不理智。"

"你说我该怎么做呢?"此时的路一玉心有不甘,"我实在不能忍受这种窝囊气,我不会让他们的阴谋得逞。"

"如果你这样想就错了,"惠经理继续说,"前不久的玉树大地震你从电视上都看到了吧,一场突如其来的地震,顷刻间夺走了好多人的生命,有一位十多岁的藏族女孩失去了几位亲人,当她被救后说得最多的话是,'活着真好'。所以说,你的这点事儿与遭受地震的劫难者相比真的不值一提。"随后,惠经理讲了几个自立人生的鲜活例子……

"活着真好!"这句话深深触动了路一玉,他蓦然间如醍醐灌顶,像是明白了许多道理,认真想一想,是啊,有什么能比人的生命更重要呢?

他们又聊了好长时间,彼此聊得很投机。就在离开这间喜洋洋酒店的时候,路一玉向惠经理表示了深深的谢意:"惠经理,谢谢你对我的耐心解释和开导,才避免我做傻事。"

"欢迎你今后多来我们酒店做客啊,"惠经理又神秘地向路一玉说道,"哦,我忘了告诉你,我不但是这里的经理,还是一个有资质的'心理按摩师'呢!"

走出喜洋洋酒店,路一玉一遍遍念叨着那句"活着真好"的话,它仿佛像一盏明灯照亮了他有点狭隘的心胸。他坚毅地向前走去,前面的大街上就是一片绚丽的灯火。

错 位

妹妹即将从师院毕业,爹从老远的乡下赶来,一见面就颇动感情地说道:"玉明啊,你妈死得早,我辛辛苦苦把你兄妹俩拉扯大,晓燕快分配了,想办法把她也分到城里,两人也有个照应,我也就放心啦!"爹吃过午饭留下300元钱,说让玉明活动活动,就回家了。

想留市内,就得找管事儿的人。玉明是市化肥厂的工人,与管分配的市教委八竿子打不着。上班时他就千方百计打听,谁的亲戚或朋友与教委有关系。这一问就问出点眉目了,一个班的小马的小姨子与市教委刘秘书的妻子是同学。玉明就托小马一次又一次跑腿联系,终于打通了刘秘书的关节。刘秘书碍其面子,就说出了市教委王主任的住址,还特意关照要去就在晚上8点以后去。

不入虎穴,焉得虎子,虽然玉明性情耿直不爱求人,可为了爹的嘱咐、妹的前途也该舍回脸面。经过周密计划,他先拿出爹给的300元钱,又征求妻子支持,添了500元,提前买了一个大盒点心,把800元钱放在盒子中间,如今就时兴这。那天晚上,玉明掂上食品盒出发了。走在路上,他总有一种做贼的感受,低头缩颈,心头惶恐。当按着门牌走到新上任的王主任家门口时,忽听到屋中有人说话,他像地下党接头一般,闪身昏黑的墙角耐心等待。直到一个钟头后,一拨又一拨的人走了,他才忐忑不安地敲门入内。

走进门，自称王主任的人微笑着问道："你有啥事儿？"

玉明点着头说："事儿不大，不大。"说着话，将食品盒放在茶几上，掏出盒"阿诗玛"递一根给王主任，顺便说了小马妻子妹妹与教委刘秘书妻子是同学的这层友好关系。

王主任随口道："是嘛！好，你坐你坐。"说罢，就很客气地招呼他坐在沙发上。

扯了一阵物价升高、教师待遇偏低一类的闲话后，玉明提出了自己妹妹留本市工作的许多理由，末了恳切地请求王主任多多关照。

这时候，王主任给玉明倒杯水，又坐回沙发，和气地说："这你放心，咱们的分配原则是因人制宜、量才录用，只要符合条件，就会放到重点学校去。"

像这样公事公办的话，玉明心中有数，点到为止，话多会有失，便起身告辞，并特意指着食品盒，说这是一点小意思。王主任再三推辞不要，玉明就套近乎说："王主任这你就见外了，刘秘书和我们的关系都不错，何必呢？"

王主任思忖片刻说声"那好吧"，随后将食品盒放回到茶几上："那我就不客气啦。"随即掏出钢笔、日记本记下徐晓燕和他徐玉明的大名，让回去等候消息。

于是，玉明就兴冲冲回家静候佳音。

不久，毕业分配揭晓，晓燕被分到外县一所乡级中学。

犹如兜头一瓢冷水泼来，玉明傻眼了。但他不甘心，又让晓燕去查询。晓燕回来说，同班的徐红莲留在了市内，偏把她分到了外县，说着嘤嘤低泣。他安慰了一番妹妹，又去找红莲的爸爸，他与他是一个厂，彼此关系不错，也好摸摸底。

见了红莲爸爸,玉明玩笑似的说,是不是送的礼大,红莲才留在市内了?红莲爸赌咒发誓说从未送过礼。玉明更觉得蹊跷,就托人打听内情,方知师院四个毕业班,仅有晓燕与红莲是姓徐的,莫不是王主任一时脑昏或划错了名字?

买了一条"红塔山",玉明又去找市教委的刘秘书,谁知一见面,刘秘书哭丧着脸递过来一张报纸说:"我挨训不说,给,看看吧,都曝光啦!"

玉明忧心忡忡接过报纸,在头版登有一则醒目的"招领启事":

为了反腐倡廉杜绝后门之风,我市教育单位在今年分配工作期间,一些学生家长为使子女分配到好的单位,采取不正当手段行贿主管领导,特在此曝光,所送钱物一并招领,以儆效尤……下面一长串名单中也赫然印着徐玉明、徐晓燕的大名:食品一盒,现金800元。

他久久看着那一行刺眼的字,心里头酸甜苦辣咸五味俱全……

留　守

过罢春节,肖二邪的老婆和白菁的丈夫相继出门打工去了,两家的孩子又在镇上中学住读,两个人成了孤男寡女,肖二邪见了白菁就说:"花婶,咱俩家是隔墙邻居,以后有啥事儿你可要多多关照哟!"说罢,还眨了眨那对狡黠的小眼睛。

交入二月,麦苗起身,肖二邪就主动问白菁:"你要用牛拱麦了就言一声。"白菁知道肖二邪是个鬼心眼多的人,一般不会白给人帮忙干活的,就搪塞说要用会张嘴的。过了几天,白菁给近门五叔说定,使使牛拱拱麦地草。不想牵着牛到地里一看,几亩麦地已拱过。一打听,原来是肖二邪当了"活雷锋"。

一天,白菁用架子车吃力地拉了半车土粪往瓜地里送,肖二邪看到了,二话不说开上自己家的手扶拖拉机,用了半晌时间,拉完了三车粪。

得了别人的好处,白菁记在了心里,便做了一双布鞋,纳了两双鞋垫子送给了肖二邪。肖二邪心花怒放,望着白菁离去的身影,心想:这事有门。

到了秋天逢摘花的旺季,人们习惯将开了的棉花桃摘回家,晚上看着电视择。这天晚上,白菁看着一个并不可笑的电视剧,在无精打采地择着花。肖二邪来了,只见他一进门就开玩笑说:"花婶,怕你一个人寂寞,我来给你帮忙哩!"白菁虽然面善,但也不示弱,就说:"你要恁孝顺,咋不给你妈帮忙呢?"这里的规矩,侄子可以与远房年轻的婶子开玩笑。两个人嘻嘻哈哈骂了几句。择了一会儿花,肖二邪起身将电视音量放小说:"电视不好看,我说个谜你猜猜吧!"接着一本正经地说道:"扁扁捏捏能成圆,一点一点向外窜;白色精品粘毛上,送入洞里真舒坦。打一物,花婶,你猜猜。"

这时,白菁的脸上泛出一层红晕,很好看。她嘟着嘴忍着笑说猜不出来。肖二邪笑笑说:"我知道你爱往茄棵里想,这个谜说的是牙膏。"肖二邪看白菁没凑腔,便放低声音说:"男人不喝醉,女人没小费;女人不喝醉,男人没机会。花婶,啥时间我请客咱喝回酒试试。"白菁佯装生气地说:"知道你张嘴不倒好沫。"随后,两个人扯些村里的趣闻逸事,两包棉花很快择完了。可是择完后,肖二邪还不说走,直到白菁连连打着呵欠催他,他才怏怏而去。

有一回,肖二邪走亲戚喝高了,醉醺醺回来,半夜醒来睡不着,拨电话给白菁,直到白菁问了几遍,他才应道:"是我,花婶。"停停又说道:"你猜我这会儿想说啥?"白菁在电话这头哧哧笑:"你有话就说,有屁就放。"肖二邪咳了几声说:"花婶,我想你。"白菁嗔道:"你是不是驴尿喝多了,忙去醒醒酒吧!"说完,"啪"一声挂断了电话。

要说肖二邪,嘴赖心并不坏,曾给她帮忙做事没少出力。可惜他老婆与他拌了几句嘴后,一怒之下出外打工。想想自己不也如此?丈夫只顾自己潇洒,把一堆农活扔给她料理,让她独守空房……再说真应了,男人不坏,女人不爱,凭心而说,这会儿她真的有点动情了……她心想,等一会儿也许他会翻墙过来的。

但是,这一晚上很平静,他一直没有过来。

入冬后,盗贼猖獗,肖二邪住的是瓦房,大院内有两头牛、手扶拖拉机还有准备盖新房的木料等。为安全起见,他交代白菁,如果夜里他那里一旦有情况,就打电话过来,让白菁上自家平房顶上吆喝捉贼。

白菁自然应承下来了。

谁知,没过几天先出事的是白菁家。那晚天阴,冷月无光,寒气袭人,半夜白菁听到鸡笼里有响动,她贴窗一看,有人在偷鸡。她当下就打电话给肖二邪,让他速喊人捉贼。不料肖二邪颤声说道:"花婶,你快上平房上喊人。"

白菁虽然是一女人家,也只得硬着头皮开堂屋门,哪知门从外边被拧了铁丝打不开。后来多亏她急中生智,打电话给近门叔伯兄弟，才使那偷鸡贼跑出村，扔下20多只鸡后落荒而逃。

两天后，肖二邪登门见了白菁，他倒像一个偷鸡贼似的耷拉着脑袋解释说："花婶，你知道，我可是孤根独苗三代单传，又无兄弟姐妹，那晚我要是叫喊，万一以后，他们再找我报复，我可真是吃不了兜着走……"

这会儿白菁直直望着肖二邪，半天才喘着粗气说："走吧！我不认识你。"说罢，白菁用力将肖二邪搡出门去，接着，"砰"的一声关上了大铁门。

临终的心愿

妻子惠凤仙患了癌症，晚期，最近钟铁林无论工作再忙，都会抽空守在她的跟前。

这天晚上，昏迷了两天两夜的惠凤仙醒来后，看到钟铁林和儿子、儿媳都在场，思忖一会儿向丈夫提出，想让儿媳为她脸上画一点淡妆。当下钟铁林满口答应了她。这要求并不过分，当年钟铁林一个普通的修水库的民工，被招到一家工厂与同乡的惠凤仙结了婚。因为家庭条件差，妻子跟着他没少吃苦受罪，穿的衣服都很朴素，美容就更别提了，最奢侈的只是用点雪花膏之类的东西……钟铁林吩咐儿媳为妻子画完了淡妆，又耐心地征求道："你还有啥要求尽管说出来。"

惠凤仙吃力地咳了几下闭眼说道："这辈子儿孙都有了，我很知足，只是我想……"

儿媳凑近来安慰道:"妈,你平时不爱打扮,等明天我去万家乐商场给你买一套最好的时装,中吧?"儿子也保证:"妈,你说喜欢吃啥,我买。"

站在一旁的钟铁林关切地望着妻子:"说吧,不管你有啥心愿我们都会满足你的!"

好一会儿,惠凤仙才睁开了眼睛,她望着钟铁林恳求地说道:"铁林,我……我想让你在这里给我下跪。"

"什么?妈,你这是咋啦?"儿子有点惊讶,"我爸可是市长啊。"

这时的钟铁林看了看儿子、儿媳,用手摆了摆,让他们先出去。

病房内只留下了两个人,钟铁林拉着惠凤仙的手有许多话想说。以前自己性格倔强脾气暴,没少惹惠凤仙生气,甚至还动手打过她。事后自己无论对错,从没有向她说过好话,讨过饶,更甭说下跪了。近年来,看到妻子渐渐苍老,心里感到内疚,有一天,他在日记里突发感慨:说自己个性强,对妻子多有得罪。将来有一天若妻子先他而去,他会在临别之际,跪在她的床前……这会儿,他提到了这件事。

妻子说,她有一回找东西的时候,看到了他写的日记,觉得这一生跟他也算值了。

"凤仙,我真的对不起你。"性情倔强的钟铁林此刻眼睛湿润了,他双手握住妻子的手,慢慢跪在了她的床前。这时的惠凤仙缓缓闭上了眼睛,手慢慢松弛,脸上露出了一抹幸福的微笑。

撕毁的信任

江玲玲是北京某名牌高校大四的学生,天资聪颖,学习拔尖,还是有名的校花。面对众多男生的追求,她最终选择了比她高一届的赵晓鹏,确定了恋爱关系。

眼光挑剔的江玲玲为什么会选择赵晓鹏?因为赵晓鹏费尽千辛万苦,为爱好画画的她淘来了一幅名画,打动了她的芳心。

为甄别真伪,江玲玲找了几家古董店鉴定,可他们都拿不准。后来,她在网上看到家乡的省电视台开设有一档"鉴宝"直播节目,就报名参加了。

那天,作为第五位持宝人,江玲玲走进了电视台的直播大厅。她简单地做了自我介绍,告诉女主持人,带来的藏品是著名画家陈半丁先生的山水名画《风景独好》。

女主持人问:"你是怎么得到这幅画的呢?"

江玲玲有点儿不好意思地说:"这是男朋友送给我的定情礼物。他说,这画至少能值20万元。不过,我真的有点儿怀疑它是不是真品。如果真是名画,说明他对我真心;如果是假的,说明他欺骗了我,我会毫不犹豫地与他分手。我最不喜欢说谎的人——而且是我曾信任的人。"

女主持人说:"这幅画如果是真品,当然皆大欢喜;如果是赝品,马上分手也大可不必吧。为买这幅画,你的男朋友也许要托关系找路子,再经朋友托朋友,也付出了很多,假如这中间哪个环节出了差错,你岂不是冤枉了他吗?"

江玲玲很自信地一笑，说："我不会冤枉他的。"

"那好吧，"女主持人说，"让中国画鉴赏专家谢老先生帮你辨别真伪。希望这幅画是真的，也真诚地祝福你们会有一个美好的结局。"

江玲玲忐忑不安地走向专家鉴定席，将画轴递给满头银丝的谢老。

谢老仔细地察看了画作，笑着问道："姑娘，你知道陈半丁是何许人也？"不待江玲玲回答，他已介绍起来：陈半丁先生是浙江绍兴人，20岁时到上海拜吴昌硕为师，曾就职于北京图书馆，后任教于北平艺专。他特别擅长花卉、山水、人物、走兽，以写意花卉最知名，作品笔墨苍润朴拙。陈半丁先生曾担任过中国画研究会会长、北京画院副院长。名画家张大千就是在他的举荐下一举成名的……陈半丁在新中国成立前在北京虽首屈一指，但在新中国成立后被打成了右派，康生对他有成见，大加迫害……

眼下，江玲玲最想知道的是这幅画的真伪，可谢老却迟迟不揭谜底。他像故意吊她的胃口，又问道："姑娘，你希望这是陈半丁先生的真迹吗？"

江玲玲笑着说："我当然希望啊！"

"你的愿望当然是好的。"谢老将画作推到江玲玲的面前，"不过，我想告诉你的是，你这藏品，是一幅临摹之作。"

这话，不啻一声炸雷，惊得江玲玲脸色发青。

谢老慢悠悠地指出哪些地方不是陈半丁的画风特点，肯定它不是真迹。

江玲玲如落冰窟，周身透冷。这是直播节目啊！此刻，自己的老师、同学和家人也一定在电视机前观看，那岂不是丢人现眼了吗？她只觉得怒火中烧，一把抓住那幅画就撕。

谢老和女主持人急忙阻拦,但还是迟了,画已被江玲玲撕去了半边。节目的导演也急了,大声叫道:"快,插播广告!"

电视画面立刻切换出广告。导演赶了过来,好一番安抚,总算让江玲玲平静了一些。

直播节目又正常进行了。

女主持人还算机灵,及时调侃,煽起场上的气氛:"持宝人江玲玲刚才的情绪有点儿激动,这恰恰表明,她对男友的爱是很深很深的。就凭这种'爱',我们给她来点儿掌声好不好?"顿时,观众席上响起了热烈的掌声。

女主持人继续穿针引线,让谢老接上话题。

谢老解释说:"我很理解这位持宝人的心情,只是她过于急躁了,做了一件傻事——她撕掉的不仅是一幅画作,还撕掉了一笔数额可观的财富。"他回头问江玲玲:"你知道是为什么吗?"

江玲玲不好意思地摇摇头。

谢老有点儿痛心地抱怨道:"我刚才的确说了,这件藏品是一幅仿作,可它是大画家齐白石的仿作呀!20世纪初期和中期,陈半丁是北京画坛的领军人物,齐白石的画还要略逊于他。齐白石把他的三儿子齐子如送到陈半丁门下拜师,可见他对陈半丁也是很佩服的。有一天,齐白石仿画了陈半丁的《风景独好》,然后请陈半丁自己落款,想看看能不能因此以假乱真。两位名画家的戏作,却成就了一幅绝世珍品!据评审团的估算,它的市场价值,目前最低也在80万元左右。"

江玲玲瞪着大大的眼睛,感到难以置信。

"的确是真的,"谢老十分惋惜,"姑娘,你不但撕毁了一幅名画,而且还撕毁了一份信任——对你男友的一份真诚的信任。"

江玲玲的眼眶里,涌出了两行懊悔的眼泪……

黄河源头

雪喜欢上了岩。

那是半个月前,雪患病住院认识了岩。岩是大学生,学的是汽车机械专业,毕业后却被分到一个偏僻的养路段做了养路工,不幸在一次清理山道时遇车祸高位截瘫。岩命很苦,生于山村的爹死得早,是妈含辛茹苦将他拉扯成人,如今遇车祸住院,他没有告诉远方的母亲。

同住一个病房,遇到倒茶递水拿东西的时候,雪的妈主动帮忙,妈不在的时候,雪就下床帮岩一把,为此岩很感动。岩高兴的时候就拿出一本《泰戈尔诗选》,慷慨激昂地为雪读诗,有时也唱歌,唱《橄榄树》、唱《我想有个家》等,唱得最多的是这样几句词:"……黄河的源头在哪里哟,在昨日沉沉的史书里;黄河的源头在哪里?在今日融化的积雪里……"唱一阵之后岩就泪流满面。心软的雪也陪着流泪,油然而生一丝怜悯之情。

三天后,雪病痊愈。出院时,岩坐在床上双手将那张《黄河源头》的歌词递给雪,尔后故作轻松地与雪告别。雪抑制不住心中的离情别绪,悄悄告诉岩,有空她会来看他的。

回家后,雪像丢了魂似的,终日神不守舍。

过两天赶集,雪向妈扯了个谎去镇上。当她走进医院,走入那间熟悉的病房,将几十枚鸡蛋放在床头并问候几句后,双眼痴痴地看着岩,却不知说啥好了。枯坐了一会儿后,雪恋恋不舍地走了。

雪回家后，依然像丢了魂似的神不守舍。就在当晚，她扯烂了几页信纸，写成了一封对岩倾吐爱慕之情的信，发誓愿一辈子侍候他，愿与他白头偕老。写罢信封了口，第二天让16岁的弟弟贵送给了岩。谁知贵没有交给岩，却给了爹。小学毕业的爹看了信恼怒万分，冲进女儿的闺房，指着雪的鼻子痛骂不休，说她不该伤风败俗去恋一个瘫子。之后警告她不准出门，不然就打断她的腿。

雪果真就不敢出门了，整日独坐在屋里看电视，做针线活儿，电视上令人梦萦魂牵的镜头，常常搅得她心烦意乱。雪常被针扎了手指，停下来望着窗外的世界胡思乱想，嘴里不住念叨着："黄河的源头在哪里？"次数多了，妈看见了，总是忧心忡忡地说："这妮儿兴许是中邪啦！"

一个阴霾四伏的冬日，纷纷的雪絮漫天飘舞，出门解手的雪很久很久不见回房，妈担心地问贵，贵说没见到姐，妈就慌了，出门去左邻右舍寻找。贵也惶恐不安地冲出门去，一遍遍喊着"雪姐，雪姐"，一直喊到房后的柴垛旁，见雪蜷曲着身子仰躺在那里，脸苍白如纸，双眼迷茫地望着天空，伸出的左手脖在缓缓流淌着鲜血，旁边放着一把剪刀。

贵呆呆地站在雪的面前。贵慢慢蹲下身子，小心翼翼凑近她的脸小声唤道："姐，姐……"

许久，雪才缓缓睁开那迷茫的眼睛，痛苦地望着贵。

忽然，贵跪下狠狠地扇自己的耳光。停了一会儿，他愧悔交加地哭道："姐，怨我，怨我啊！！我不该把信交给爹呀！"

雪艰难地蠕动着泛白的嘴唇苦笑说："不能怨你，这都是我的命不好啊！"说完，她吃力地从胸前抽出一张纸，那是岩送给她的歌词。只见她的手一松,那张歌词随风在面前旋舞飘向远处。

善良的雪闭上了那双美丽的眼睛,有东西在她的眼眶下涌出,那亮亮的泪滴在午后的风雪里闪动。贵扑上去紧紧拥着可爱又可怜的雪,大声呼喊道:"姐……"

风雨中的美丽

乡下妹谢青芬通过偶然的机会才进入黎城市歌舞团的。

市电视台在柳溪镇唐家洼村拍一档"乡村纪行"的节目,发现村里爱好唱歌的谢青芬声腔甜美、柔婉动听,导演就让她唱一段最拿手的歌曲。开始她有点不好意思,到后来经不住导演的再三要求,她在宽敞的场院里放开嗓子演唱了韩红的《风雨中的美丽》,博得了人们的阵阵掌声。没两天,这个节目在电视上播出后,却决定了她的命运。碰巧那天晚上市歌舞团的团长也看了这档节目,就经过一番周折将她以特殊人才招聘进了团里。

谢青芬不愧有天生一副好嗓子,她唱啥像啥,模仿力极强,不到两年就唱红了中原大地,被誉为中原土地上的百灵鸟。

可惜团里不久又从省艺术学院来了一位高才生叫姜娜娜,她长相俊美漂亮,身材苗条匀称,嗓子与谢青芬不相上下,不用说,她就成了谢青芬的强劲对手。

谢青芬也意识到了生存的危机,就拼命地练声学习,争取以优异的成绩确立自己在团内的地位。但是,尽管她做事低调、工作踏实,却并不知道这里面还有一层关系,就是团内的业务副团长郭导演是姜娜娜的远房表舅——后来还听说这位表舅与姜娜娜关系暧昧。

再后来,谢青芬的厄运就接踵而至,不断遭到排斥。她先是从团里的 A 角降至 B 角,多是配合姜娜娜的演出,比如重大文艺活动都是以姜娜娜为主。接着,一次演出,郭导演就以谢青芬到场晚了一会儿为由,让她停演一个月,还扣发了她当月的奖金。团内的乐队指挥老肖看不惯,就找团长鸣不平,但是却没有一点用处,现任团长已经 59 岁,眼看要到了退休的年龄,他也得过且过不愿得罪人。

之后,肖指挥就找到谢青芬安慰她:"青芬,你就好好把你的工作做好,不怕他们的刁难,以后我会给你撑腰做主。"

谢青芬深受感动,她点了点头,说:"谢谢肖指,我知道!"

从此,谢青芬发奋努力,不但早晚练声、学习表演,还跟着肖指挥练习弹琴、拉二胡,目的是培养自己的乐感。不久,市里组织"三下乡"活动,让市歌舞团彩排了一批反映农村生活的节目,不巧的是,这时谢青芬因为过度练声,嗓子暂时失音了。

这次的活动是经费包干,要精简部分人员,可惜昔日的台柱子谢青芬也在被精简之列。肖指挥闻听此事,马上找到业务团长郭导演据理力争,认为这是典型的迫害,身为艺术骨干的谢青芬因故暂时不能演出,那她也可以搬道具、打灯光啊,怎么就一下子剥夺了人家工作的权力?郭导演一看下不了台,只好同意谢青芬随团打杂。

很快在团内传出了谢青芬与肖指挥有奸情的消息。

论起来肖指挥应该是谢青芬的叔字辈儿了,这真是软刀子杀人啊!

为了一雪自己的清白,谢青芬也没有告诉给过她无数帮助的肖指挥,毅然向团长递交了一份辞职书悄悄离去。

不久她加入了湖北一家地方艺术团,由于她自身的好嗓子、过硬的演技功夫,很快成为团内不可多得的演员,而且多次在电视台露面,两年之中成为当地很火的草根明星。

谢青芬有了时来运转的机会,正好这时,当地电视台要推荐歌手参加央视的青年电视大奖赛,谢青芬榜上有名。一个月后她获得了一个优秀奖载誉归来。

正当她要大干一场的时候,忽然有一天,她接到了一个电话,一听是远在黎城的肖指挥打来的。谢青芬已经与他好久没有联系了,就问他有什么事儿吗?肖指挥听到了她的声音也很激动,说:"青芬,我想请你帮忙呢。"

谢青芬郁郁地说:"我现在离家几年,人微言轻,能帮你什么忙呢?"

肖指挥就说:"你要是答应我了,我再和你说。"

以前,肖指挥的确有恩于她,这会儿她想起前情真的有点激动了,她说,只要我能办到的,我就保证答应你。

一听谢青芬松了口,肖指挥就说了情况。原来,近两年来,老团长退休了,郭导演升为一把手,因他用人无方管理无序,致使歌舞团严重亏损,最近他不得不引咎辞职,目前由肖指挥承包了歌舞团。这一段时间他也听说了谢青芬在外地取得了不菲的成绩,就想请她出山,回来协助他的工作。

这件事来得太突然了,谢青芬说:"肖叔,你容我好好想想好吗?"

"好的,你可要想好了,"肖指挥谐谑地说,"我给你三天时间,让你想清楚。"

虽然湖北给了她发展的机会,但毕竟家乡的山水养育了她,也是黎城市歌舞团发现了她,她为家乡做点事,实在是责无旁贷的事情。其实她远在外地,可心里也一直在想着老家啊!经过三天痛苦的抉择,她回电话答应了肖叔。

回到了黎城歌舞团,谢青芬和肖指挥——现在的肖团长,经过大刀阔斧的改组整顿,团里面貌焕然一新,他们还招贤纳士,不惜代价请来外援。

经过一个月的排练,在黎城市的若菲亚演艺中心举行了首场演出。最后的压轴戏中,谢青芬深情地演唱了《风雨中的美丽》:"一次一次鼓舞自己,去感受雨后空气的清新,虽然冬雨过后有些冷,虽然大街上还刮寒风,一次一次提醒自己,昨夜的雷声已经远去……"

想着自己从一个乡村的小姑娘,误打误撞闯进了这个是非多多的娱乐圈,经历了数不清的艰辛和磨难,才走到了今天,顷刻间她的脸上止不住有热泪流淌……

颖、松和拉西

妈得了食道癌需钱治疗,爹老实巴交只会叹气,颖就狠狠心与无钱无势的松一刀两断,和多次求亲的拉西订了婚,得了三千元的彩礼。

不久,黄病脸的拉西突然觉得身体不适,一透视检查是肝腹水,颖买了几斤水果去医院看他,现任村主任——未过门的公公嬉笑着说:"颖颖,你在这里好好伺候拉西,家里还有事,我先回

去了。"

不几日,拉西的病渐渐轻了,他就带上颖逛街看电影。

那晚月色朦胧,拉西一时兴起,拉上颖去了公园。转一阵游乐城,来到一片僻静的树林里,拉西含情脉脉地望着颖就开始动手动脚。开始颖左躲右藏不让他得逞,后来他还是一下子拽掉了她的衣服,结果还是被他强奸了。

事毕,颖哭了。拉西便好言相劝,答应哪怕卖楼房也要帮她治好她妈的病。颖破涕为笑了。

第二天,准备出院的时候,拉西的病突然又复发了,而且愈加严重,一大群医生经过会诊,怀疑在颖来后他们有亲热的举动。于是就打发颖回家,让别人伺候。很快拉西病情稳定带上针药出了院。

两家同住一村相距不远,在照顾妈治病的同时,颖也时常抽空去看拉西,做饭炒菜,煎汤熬药。屋中无人的时候,不老实的拉西总用那不老实的手在颖身上游弋,颖羞红了脸,任他潇洒任他风流……没多久,月经该来未来的时候,颖知道自己怀孕了,告诉拉西要去镇上打胎。拉西不同意,说等病好了就结婚。

可惜拉西没有等到正式结婚就死了。拉西是在与颖再一次办事的时候,突发心脏衰竭而死。

拉西的死使颖很悲痛很忧伤,为了表达深厚的情谊,她亲自为拉西送葬,哭得悲悲切切,凄凄惨惨。村里人无不感动:"这闺女真好、真贤惠。"

默哀很长一段时间,颖在父母的劝说下,做重新的选择。不久,她挺着肚子择个吉日简简单单嫁给了村里的松。

新婚之夜,颖依偎在松温暖的怀抱里问道:"拉西脏了我的身子,你不会嫌弃我吧?"

"哪能呢？我爱还爱不够哩。"松借着窗外淡淡的月光，欣赏着颖那美丽端庄的脸蛋，撩着她额前一绺乱发，以商量的口气说："不过，你能不能把肚里的胎儿打掉呢？"

"不，胎儿我是绝不会打掉的，"颖变了脸色说，"外人都知道孩子是拉西的，我要让他孙家不得安生，因为村主任这个畜生曾糟蹋过我妈。"

"啊?！是这样？"

颖活动一下身子，两眼望着破旧的屋梁，平静地说："当然，拉西是无辜的，他不死睡在我身边的会是你吗？"

松猛然翻身坐起，不认识似的看着面前文静秀气的颖，陡地打了一个寒战，久久没有说出话来。

生　日

这天是农历十月十八。早饭吃过，在柳溪镇做建筑二包头的田振甲，开着面包车就要出门，老爹田怀文走过去提醒他，今天是十月十八，再过四天是十月廿二，正是孙子 12 岁的生日，交代他记住买生日蛋糕，为孙子过生日。

儿子田振甲在车门口"嗯"了一声说："知道了，到时间我记住买。"说完就开车走了。

实际上田怀文提醒儿子的目的，不仅仅是为孙子过生日，而是另有所指。孙子的生日是农历十月廿二，他的生日则是十月二十，早孙子两天，那意思就是他的生日要早一点。

田怀文今年五十九岁了,前不久儿子还说,到了明年六十大寿,要好好给老爹过一回生日。

人年龄大了,正如俗话说的那样,有了"老换小"的感受。自从老伴去世以后,他总忘不了每年过一回生日。只是前些时与儿媳为了地里的活路争了几句嘴,他最近话少语稀,不再把心事说出来了。

两天很快过去了,农历十月二十一大早,田怀文还特意换了一套干净的衣服,准备着过生日呢。可早上儿媳做饭时,并没有按传统习惯给过生日的田怀文煮几个鸡蛋。田怀文心想,可能是儿媳事情多,把这件事情忘了。那就等中午吃长寿面吧。谁知中午不但儿子没有回来,在街上上中学的孙子也没有回来,儿媳只是做了米饭,把做长寿面的事情早抛到九霄云外了。

晚上,儿子仍然没有回来,听说他去南阳联系建筑材料。平时儿子怕老婆,如今儿子不在家,这生日还过个啥劲呢?尽管田怀文有满腹的怨言,也只好自我宽慰了。这天晚上,他早早就上床睡觉。

到了农历十月廿二这天上午,儿子田振甲开着面包车,从街上把孙子带回来,不但买了一个特大蛋糕,顺便还招呼来了一大帮他在街上的三朋四友。席间,儿子田振甲特意喊老爹过去,要敬他酒。田怀文就说,自己还要择菜、剥葱、烧火、递茶,没有空。儿子就不再说什么了。现在的时代潮流就是这样,做爷爷的不如孙子,他应该认了。

一群人喝酒喝到太阳偏西,正要撤席,刚好又来了几个儿子的好友,儿媳立马又吩咐找来的厨子再添菜加酒,忙得不亦乐乎。田怀文跑上忙下,烧火、端菜、倒茶、敬酒,一直闹腾到过了半夜,那些前来祝贺孙子生日的要好朋友,一个个东倒西歪地离席而去。

当田怀文拖着疲惫的双腿回到自己的屋子,心头有一种失落感。坐在床头睡不着,从不吸烟的他也点燃了一根"红旗渠"香烟,吸了几口,咳得不行,他索性把它扔了脱掉衣上床睡觉。可是,田怀文躺在床上总感到什么地方不舒服,身下的床褥高低不平,弄得人难受。他又拉开了电灯,掀开身下的床褥,发现床褥下,原来垫着一个上等的羊皮坎肩和一个羊皮护腿,这东西在市场上少说也得五六百块钱呢。不过在他拿起来仔细分辨的时候,忽然从里面抖出来了一张小纸条,只见上写几行小字:

老爹,因为忙,我没有给你在家过59岁生日,请你原谅。知道你有风湿关节病,所以我特意为你买了一套羊皮坎肩和护腿,也算补上。回头你只说是我姐给你买的就中了。

田怀文看完纸条心头一热,有泪从眼眶内涌出。

这天晚上,睡在床上,他抱着那套羊皮坎肩和护腿,心里有着从未有过的温暖。在沉沉的梦乡里,他梦见了已经死去多年的妻子。

不会游泳的男孩

上游决堤了,南湖所辖的四个行政村,很快被无情的洪水所吞没。

郭家垸村的刘主任被水冲到一条河汊边上,那里有一片杨树挡着了一些树棍、木头等漂浮物,也使他有幸停下来攀上一棵树

权。刘主任自从清晨起,接到上游决堤的电话后,便拿着电喇叭四处奔走相告,让人们上堤或转移到高处。谁知,真是水火无情,顷刻间大水过来,很快就将南湖变成了一片泽国。这会儿附近树杈上攀扶着三三两两的村民。他定定神仔细看看,大多不认识,肯定是从上游临村顺水漂下来的;又望望东南方,那边还有一片两米见方的高坡,就清清嗓子说:"附近的乡亲们,都注意了,我是郭家垸村的村主任刘仁义,大家听我的指挥,年轻的要照顾妇女和老年人,马上向东南边那片高坡转移。"说罢,他率先"扑通"跳下去救助一位老人。在刘主任的带动下,大伙齐心协力互相帮助。刘主任一口气游了四趟,最后接的是一位穿红衣服的孕妇。当这位孕妇被救上高坡后,连声说"谢谢"。刘主任抹了一把脸说:"都是本乡本土的,谢啥谢。"刚站稳脚,他忽然看到了被一中年男子救上来的一位十四五岁的平头男孩,就没有好气地问:"哎,你这娃儿咋没有走?"

那男孩上了高坡,显然受到了惊吓,睁眼定睛看到是刘主任,便带着满腹怨气说道:"我奶让我找我那没心肝的爹呢!"

"水大危险,不要乱跑,在这里好好等着。"说罢,他又招呼别人去了。

等到把附近的人都救上高坡,刘主任点点数总共22人,只有他和那男孩是本村的。随后他向大家说了注意事项,最后叮嘱道:暂时坚守这里,很快就会有人过来救援的。

已是午后,大雨仍在下着,水位不断上涨,处于孤岛中的"土包子"一点点在缩小,时间不长将会被淹没。已七八个小时过去了,大家都没有吃东西,加上天冷,身上湿透又浸泡在水里,那位老人不住打战,再继续下去他会挺不住的。

等到下午四五点钟,才来了一只小木船。未等小木船靠稳,大家都争先恐后挤着上船,尤其是那个平头男孩抢先挤到了前边。小木船打着晃不住地摇动。刘主任见此情景,骂了一声叫道:"都站住,按顺序来。"说着,他抢先一步,把那平头男孩拽下来恶狠狠地斥道:"孬熊,让外村人先上,甭给咱郭家垯人丢脸。"

之后,在刘主任的指挥下,先将那位老人和穿红衬衫的孕妇搀上船,然后依次上人。但是,上到15人,因船身吃水太重,船老大说,只能这样了,再上就要出危险。还有7人怎么办?正发愁间,船老大又拿出了三件红色救生衣。没有登船的男孩这会儿又要拽救生衣,却被刘主任一把夺过来:"你会游泳,让给别人。"谁知平头男孩怒目圆睁不服气地说:"我……我奶奶在那边楼房顶上,我得去救她。"刘主任咬着牙回敬道:"你爷也不行。这会儿都得听我的。"随后,他不容分说做了安排:三个水性差的穿救生衣,两个水性好的青年和他一起跟随船后。

这时,那个平头男孩几乎要哭了:"那我呢?"……"你先在这儿等等。"刘主任木着脸说,"等会儿我会让人来接你的。"

"你……你是啥村主任,太霸道了。"平头男孩有泪涌出眼眶。

船上那位孕妇手抚肚子深怀母爱之情:"你有成见也不能这样呵,他还是个孩子!"

刘主任一招手:"开船。"接着"扑通"下了水,推着小船颠荡着启动了。

此刻,天空乌云翻滚暴雨如注,水面上风大浪急,上游的水势又加大了。

载满人的小木船,在浪涛中颠簸前行了10多米,突然,那平头男孩见水快漫上高坡,一咬牙,"咚"一声跳下了水。最早看见的是穿红衬衫的孕妇,她惊叫了一声。刘主任回头一看,马上脸吓白了:"小虎,他……他不会游泳呵!"随之,一个巨大的浪头打来,叫小虎的平头男孩被惊涛一下子卷进了水中,再也没有浮出水面……

半个月后,大水退去,郭家垸村堤边立起了两座新坟,一座是刘主任的母亲;另一座是他的独生子刘虎。

当　真

这天上午,方正从环卫队下了班,走在未来市湖滨路的大街上,极偶然的机会遇到了小学同学袁华。方正激动地照着袁华的肩头就是一巴掌,说:"哎呀,这不是袁华吗?怎么今天遇到了你,有十多年没有见面了,走走走,咱去对面的馆子喝一杯,我请客。"

开始,袁华根本就没有认出方正来,看到一个身穿环卫制服的中年大汉,毫无来由地照着自己来一家伙,本来是想发作的,看他提到了自己的名字,便疑惑地问:"请问,你是?""啥子你屎我尿的,我是方正啊,你忘记了?在柳溪镇朝阳小学,咱们还是同桌同学呢。"这时的袁华眯着眼,在遥远的记忆里努力搜寻,终于想起来,他随着在镇政府做秘书的爸爸生活在柳溪镇的时候,的确在那里上过两年学,不过时间并不长,大约两年后,他就随着爸爸及家人搬入县城。由于时过境迁,他几乎把这一切快忘光了。袁华忙附和着说:"是的是的,我有印象,咱两人还为桌子中间线争执过呢。"随即,两人又回忆了一番在柳溪镇朝阳小学欢快而浪漫的幸福时光。

临分手时,袁华还给方正说了一遍自己的电话号码。

为了也使袁华能记住自己的电话号码,方正特意打了一遍袁华的手机号码。

顷刻间,一阵激越豪迈的凤凰传奇的彩铃声响起,方正一脸幸福地对袁华说:"你手机上的这个号码就是我的,有空你给我打电话哟!"

袁华热情地说:"一定一定。"

两个人握手分手,互道珍重。

方正回身走了两步,又扭身过来说道:"对啦,袁华,下个星期天我约几个在本市的同学们一起聚聚,你可一定要参加呀!"

"那是必须的,"袁华十分肯定地说,"再忙,我也要参加的。"

自此之后,方正就记在了心上,他星期五就开始给本市的几位同学联络,几位同学也满口答应,说多少年没有在一起了,是得在一起聚聚了。等到这边定下来之后,他就给袁华打电话。不过袁华接电话的态度并不是那么热情,不过在方正的再三请求下,思忖了半天还是答应下来了。而方正也告诉了他所定的仙客来大酒店,在挂电话之前,他还叮嘱说星期天晚上八点,不见不散。

可是,星期天晚上,几位同学都到齐了,独不见袁华的影子,有一位老同学就催着方正再给他联系一下。电话打过去,袁华抱歉地说:"不好意思,我今晚有点事儿,不能去了。"

这时的方正唯唯诺诺地问道:"那我们啥时候再聚呢?"只听那边的袁华稍停片刻说道:"这样吧,下个星期我请客。"

关掉手机,方正把这一情况通报给几个哥儿们,几个哥儿们你看看我,我看看你,只好说,那就等呗。这个晚上几个人兴味索然地吃完了这顿饭。

转眼到了下个星期天,其中一个哥儿们就打电话问方正,袁华到底是咋说的?方正就如实相告,说袁华还没有吭声。停了停他又说:"这样吧,我等会儿给他打个电话问一下,再通知你们在什么地方。"

满怀希望的方正很快给袁华打电话,问他今晚怎么安排?袁华不理解地反问,什么怎么安排?方正就提示他,你不是说这个星期天请客吗,准备安排到哪个大酒店?

稍停,袁华不无抱怨地说:"方正,你真的当真啦?也不看看眼下啥环境?回头再联系吧!"说罢,就挂断了电话。

方正当然不好意思如实告诉几位同学,只说袁华比较忙,以后遇着机会再说。

几天后,在本市的新闻联播节目里,方正看到了这样一则新闻,里面在介绍本市新上任的副市长,他,原来是袁华。

看过新闻好一会儿,方正心事沉重地将袁华的电话号码从自己的手机里永久地删除了。

看 戏

这天午后,才叔和才婶一起掂着小板凳去大郭庄看戏。

才叔有气管炎、心脏病,走了两里地就累得气喘吁吁,他就喊:"老伴,咱歇歇脚吧。"这里是一片河滩,时值初冬,枯黄的衰草在风中摇曳。面对这片苍凉的枯黄,才叔便回忆起与老伴年轻时的那段"罗曼史"。那时候才叔十六七岁,家里很穷,一个人放着生产队的一群羊,隔三岔五赶着羊群跑几里路到这片坡地。因为他看中了一位可眼的姑娘叫桂云,她就是现在的才婶。才婶时不时到河滩里洗衣裳、割青草。没有人的时候,才叔就厚着脸皮凑过去和才婶无话找话说。一来二去就缠上了才婶,便让爹央人说媒与胡家订下了媒妁之言……

才叔扯起了那段往事,才婶多皱的脸上就透出一抹红晕。才婶说:"当年俺这枝鲜花差一点就插不到你这牛粪上。"才叔眯着眼满意地看着才婶:"你不跟着俺,哼,看哪个会要你。"才婶"哦"了一声,自顾自地说:"那时候俺想唱戏,俺那满脑子封建思想的爹就是不同意。俺气得哭呀哭,哭过了晚上偷偷追着戏班子看唱戏。有一回,等戏演完卸了妆,俺就过去找那个演杨宗保的小生……"

"你找那小生干啥?"才叔醋劲大发,双眼瞪得铜铃大。才叔以前隐隐约约听说过桂云年轻时有过一段"风流韵事",可心里总是吃不准,这都60多岁的人了,从没有听老婆子说过一个字,心里就有点酸溜溜的。

"干啥?"才婶说,"俺约了那小生出了村,来到村西一个麦秸垛跟前,一下子拉着他的手哭着说:俺要跟你走。他说俺还小。俺说俺都16啦。后来,俺一下跪在了他的面前……"

"你……你这个小贱人,"才叔气得脸上能拧下来水,用指头捣着她,"这号事你瞒了我几十年。"

才婶接着说:"他看俺哭得伤心,就同情地一下子抱着俺,说俺不能答应你,俺戏班里有规矩……"

"停停,"才叔头向后一仰说,"快拿几颗速效救心丸。"才婶红了脸,这才慌慌地从回忆中走出来,急忙从自己口袋里掏出早已备好的救急药向他嘴里塞。接着又拽下身上的水壶向他嘴里灌去。等吃罢药喝罢水稳住神儿,才叔缓过气儿来,他铁青着脸一个字一个字地说:"接——着——说。"

"他把俺拉起来,"才婶红着眼圈说,就紧紧抱着俺嘱托道:"你,你再等几年吧!"

"再等几年也休想。"才叔显然妒火中烧。

"再等几年谁知你跑到哪儿去啦?"我拽着他的胳膊不依不饶。他擦擦俺脸上的泪花像哄小孩一样说:"不要紧,只要你真心想学,到时候大姐我会亲自找你的……"

"停,"才叔翻着眼皮疑惑地问道:"闹半天她是个女的?"

"可不是嘛,她是个女小生,"才婶接着说,"她的艺名叫白小仙,不但戏演得好,而且作风正派,为人热忱,俺一直就想拜她为师……自那以后,俺就再没有见过她。后来,听人说她来找过俺一趟,可俺早已与你成家了……"

"这事你咋不早说?"才叔愤愤不平地抱怨。

"这事我一直没说,是想对她留个念想。"才婶仰脸叹道:"人这一辈子呀都讲个缘分。你想想,俺真要学了戏,咋会找到你这个病秧子呢?好啦,不说了啦。听说她的儿子眼下接她的班也演小生,唱、念、做、打样样叫得响,前不久在北京参加比赛还得过奖呢!这不,他随着省心连心艺术团来咱这里演出,今天头一场就有他的戏,为这,俺今儿个才拉你来看看。"一说这话,才叔也来了劲头,只见他抖擞精神说:"走,咱快点去,抢占个好位置,看看这小白小仙演的到底胜得过他妈吗?"

二人站起身,掂上小板凳,才婶搀着才叔向大郭庄走去。

犯罪的老许

这个故事发生在重庆一个小山湾,主人公姓许,我故且称他为老许。

老许今年50多岁了,是那种老实巴交寡言少语的人。他住的湾子不大,只有10多户人家,谁家要是有了事,只用招呼一声,老许无论再忙,都会放下自己手头上的活儿,去帮人一把,所以,湾子里的人都说老许是个好人。

可是,就是这样的人也会犯罪。

话还得从头说起。

老许的家很穷,家中几乎没有值钱的东西,眼下别人都用上了高清晰的数字大彩电,他却连一台小黑白电视也没有。四下漏风的三间老瓦房,摇摇欲坠地站立在山坡上。承包的四亩多地竟散布于附近20多处。因为田地浇不上水,只能"望天收",所以经常收成不好,可想而知,那日子是多么的艰苦和窘迫了。

正是受不了这种穷日子的煎熬,老许的老婆扔下了老许,和一个瞎眼婆婆及自己十多岁的姑娘,跟人跑了。

老许不能跑,也不能出门打工,因为家里有一位瞎眼老母亲,需要他做三顿饭吃;正上学的姑娘还需要靠他种几亩地维持生计。所以,他还得将这艰难困苦的日子过下去。

忙的时候,老许就奔波劳碌在20多处田地里,闲的时候,他就背上钎担上山砍柴卖钱。可惜这两年政府下令封山育林,他又

断了这唯一的财路。后来,经一位远房亲戚的介绍,他到距家20多里地的砖瓦厂帮工。每天起得很早,他做好饭等娘吃了,再准备好中午饭放在那里,便匆匆地走了。晚上还要步行20多里地回来,再给老娘做饭吃。连续干了两个多月,老板说他手笨,年纪大了,工钱还没有结,便把他辞退了,就连这一线生机也破灭了。

到了这年夏天,女儿许燕竟然考上了一所知名的大学。考上大学这是件好事,可这学费从哪里弄呢?老许不由得犯了愁。开春了家里连头小猪也买不起,没有办法,老许只得向妹妹家赊了两头小猪,这便是家中最值钱的东西了。

看到家中确实困难,女儿许燕流着泪说:"爸,这学我决定不上了。"

"不,这学你得上,"老许难过地说,"咱家祖祖辈辈没出过大学生,如今你好不容易考上了,不能错过这次机会。"老许还宽慰女儿:"咱可以借钱,如果不行,到了秋后,把你奶奶送到你姑姑那里去,我去新疆拣棉花,去那里打工,拼上命也要挣些钱,供你上学。"

之后,老许就出门去赔着笑脸,向亲戚朋友借钱,可结果是除了妹妹家给了1000元,其他人家他一分钱也没有借来。人家当面说,怕他以后还不起。

老许粗算了一下,不说上学,仅许燕的学费就得8000元钱,如今,他卖了两头小猪,两根屋檩,又卖掉了一部分粮食,也只凑够了2000多元。另外的5000多元怎么办呢?对了,他在砖瓦厂打工的两个多月工钱还没有给呢!他决定去找老板要。可是,他连续跑了几趟,老板推三拖四说没钱,始终不给。一文钱难倒英雄汉,看实在要不到钱,这个老实人也动了歪主意。在砖瓦厂干活的时候,老许知道一间材料库里,存有一些破铜烂铁、旧钢板等东西,便在一天深夜撬开门,用一辆板车拉了那些废品卖到了镇上的废品收购部里,换得了800多元。

谁知,到第三天就东窗事发,老许以盗窃嫌疑人被刑事拘留。

老许是家庭的顶梁柱,他一旦倒下去了,这个家可怎么办呢?

不料,大学生许燕的家庭变故被一位地区报社的记者知道了,这位刘记者写了一篇文章发表出来,引起了不少人的同情,竟然在报纸上展开了讨论。

法律是无情的,老许最终以盗窃罪被判刑两年,然而,社会是温暖的,许燕得到了好心人的捐款上了大学。而老许的妈妈被其妹妹接到家中暂时赡养。

出于道义,刘记者再次走进狱中见了老许,向他讲了目前家中的情况,而且还告诉老许,砖瓦厂老板欠老许那笔工钱已经要回来了,给许燕当作上学的生活费。谁想到老许听刘记者说到这里,"扑通"一声跪在了刘记者的面前热泪横流地说:"谢谢你救了俺,救了俺这个家庭,你是俺的恩人,恩人哪!"

刘记者将老许从地上搀起来,叮嘱他在这里要听管教,好好地改造。

"谢谢你,谢谢你的关心,"老许用颤抖的双手拉着刘记者的手说,"我一定会好好改造的,说心里话,这回多亏了我偷了砖瓦厂老板的东西,这钱也要回来了,还多亏我被判了刑,要不然,俺姑娘这学肯定是上不成了!"

老许这番话一说,刘记者的泪也涌出了眼眶……

天　堂

　　天堂吃过早饭,忙收拾好架子车出门去收废品,走到村南头,碰见了从地里摘绿豆回来的甘草,就小声说:甘草,你走慢点。甘草虎着脸站住说:有话就说,有屁就放。

　　天堂走上前有点心虚地低着头:二花那娘儿们图的是钱,我想和她断了还和你好。

　　人家年轻,俺岁数大了——哼,没门。甘草赌气挎着绿豆筐从他面前"噌噌"走过去了。

　　天堂望了望甘草的背影,回头拉上架子车一瘸一拐地走了。天堂知道甘草是使气,但是,天堂确实对不住甘草。早几年,甘草死了丈夫,膝下有一个十四五岁的女儿。他有意想娶甘草,还找了近门三婶从中说合。甘草一再强调他们夫妻感情好,非要等到三年满孝再嫁人。可是,一年多后他耐不住孤身一人的寂寞,就同村里的有夫之妇二花好上了。三五年过去了,他还是他,单身汉一个,而甘草却寻夫养女招婿上门,但是天堂至今依然还想着她。

　　这一天,无精打采的天堂只跑了四五个庄子就早早地回来了。

　　后来,天堂又找过甘草几次都被堵回去了,有一次还被甘草骂了个狗血淋头,弄得他躺在床上两天没有起来。

提不起劲来的天堂只好破罐子破摔。虽然他知道,二花是个水性杨花之人,相好的绝不止他一个,但他仍然忍不住偷偷去找二花。把自己辛辛苦苦挣的钱,不断地拱手送给二花。

有天夜里,二花的丈夫仁发去南阳卖红薯,天堂得了信,当晚十点多后就去了。也该凑巧,刚好这会儿二花的另一位相好钉耙也去了,只是去晚了一步。推推门里面顶得很紧,钉耙多了个心眼,急忙找到天堂家,一看门是锁着的,不用说二花床上那个人肯定是天堂啦。钉耙一时气恼,就撬开了他的门,将天堂的两床被子扔到了村南头的河边上。天堂半夜回家后没有被子,只好搭条长大衣睡觉,一直冻到天亮。

事后,天堂猜想这被子很可能是钉耙扔的。

为了报复钉耙,一天夜里,天堂将村里一个因暴病致死的妇女坟上的花圈扔到他家门口。钉耙心知肚明,知道是天堂从中捣的鬼,就寻个机会请二花的丈夫仁发在街上喝了一次酒,从中挑拨说,天堂这个残疾之人竟然调戏了二花,而且还上了床。要说这仁发也不是什么好鸟,经常去街上的大酒店找小姐卡拉OK,二花也管不住。最气人的是,二花有位娘家侄女叫桂梅,今年16岁了,是那种脑子缺根筋的人,没事经常过来帮着二花哄哄孩子,干些家务活。而这仁发就以小恩小惠做诱饵将她"办了",并很快怀了孕。眼看纸里包不住火了,二花把桂梅叫过来三问两问,问出了个中原因。可这怎样向娘家哥交代呢?他把仁发大骂了一通,催逼他想个办法渡过这一关。仁发一时忙中无计,只好找到钉耙想出了一个妙招。

那是个隆冬的夜晚,寒气袭人,二花提前告诉天堂,这天仁发有事进城不在家,晚上留着门让他过来。已经有好些天没有度

"蜜月"的天堂,早早吃罢饭,闲转了一阵儿,就悄悄进了二花的家。因为是熟门熟路,尽管黑灯瞎火,天堂摸索着进了里房,床上一摸有人,不用说是二花。等到他刚脱去衣裳扑上去,这时,下面喊叫了一声,灯陡地亮了。天堂一看傻眼了,床上躺着的不是二花,而是她娘家的亲侄女桂梅,只见她穿着内衣抱作一团。忽听到仁发跑进来大喊几声,门外很快跑进来了二花的大哥和二哥,几个人不容分说将天堂痛打了一顿。打过之后也不听他解释,将他送到了镇派出所。

到了派出所,天堂还想为自己辩护,可惜没人相信,审问的人认为他有了这一回就有很多回。这边,二花也落了大哥的一些埋怨,很快将桂梅送到镇医院打了胎让她回家保养。

最终,天堂被判了三年徒刑。

这回,天堂一下子从天堂走进了地狱。

坏　种

谁也没有想到傅大林是这样一个人,他竟然勾搭上他亲兄弟的媳妇曹雪梅。

过去,傅大林可是一个很规矩老实的人,那时候他家庭贫穷上学较晚,与弟弟傅二林同上一班。初中毕业后,妈妈身染多种疾病,爹又年迈,实在供应不了两个人,大林只好退学帮助家里干活,让二林专心致志地去读书。

大林在上初中二年级时，就与班里的曹雪梅谈起了恋爱。等到初中一毕业，两人都无心读书，便劳燕分飞，回家后各自出门打工，他们这段青涩的恋情便宣告结束。

去南方打了几年工后，傅大林手中攒积了几个钱，便回老家开办了一个养鸡场。很快便找了一个叫何笑娜的媳妇。

那一段时间，傅大林刚结婚不久，急想有一番作为，又托人贷款扩大养殖规模。眼看仅靠他和何笑娜忙不过来，只好在街上贴出一张告示招聘员工一人。那段时间，邻村的曹雪梅从南方打工回来，听说后主动找来，傅大林当下就答应了。过去有过那么一段罗曼蒂克史，如今又旧梦重温，一来二去，两人又陷入爱河便偷吃了禁果。直到怀孕三个月后，眼看纸里包不住火了，这可怎么办呢？

正好弟弟傅二林高考落榜回来了，帮助他经营养鸡场。这回，傅大林忽生一计，让曹雪梅嫁给弟弟傅二林，这不是两全其美嘛！夜长梦多，事不宜迟，这桩婚事说办就办。在傅大林的全力说合下，双方父母都同意，一切从简，也节约了不少钱。

世上没有不透风的墙，后来，傅二林不知从哪里得知自己的媳妇曹雪梅，早就与哥哥傅大林有一腿，心里当然不是滋味，一气之下去南方打工去了。这样一来，傅大林更是如鱼得水，与曹雪梅的关系非同寻常，经常是出双入对，形同夫妻。

这种非同一般的来往，自然引起了傅大林的妻子何笑娜的不满，她几次向傅大林提出了警告，让他辞了曹雪梅，少惹些是非，不要让别人再说三道四。可傅大林仍是我行我素，毫不在乎。而何笑娜看这样做没有效果，就采取了女人们常用的，一哭二闹三上吊的办法胁迫他。像这样闹腾了几回，弄得傅大林心烦意乱威

风扫地,他郑重地向何笑娜摊牌,提出了离婚,如果她同意在离婚协议书上签字,他愿意补偿她15万元钱。

已经有了一个五岁的儿子,何笑娜当然不同意。

可是,傅大林有了外遇的消息被何笑娜的弟弟知道了。他觉得这是他们何家人的奇耻大辱。

何笑娜的弟弟何笑杰是政法大学法律系的高才生,毕业后分到了县司法局。他决定要与这个暴发户法盲见见高低。

临开庭的前一天,也为了挽回这个濒临破灭的家庭,何笑杰最后一次找到傅大林,并陈明大义,晓以利害,再三劝说,只要他回心转意,保证今后再不与曹雪梅乱来,与他的姐姐重修旧好,他马上可以撤诉。谁知,这傅大林是一头撞到了南墙上,死不悔改。他说,他不愿意与一个不爱的人生活在一起。那样的话,还不如让他死了算啦!

一纸诉状,何笑杰代表姐姐将傅大林告上了法庭。经开庭审理,双方律师辩护,最后法官当庭宣布:傅大林犯有重婚罪,被判刑三年。准许他与何笑娜离婚,五岁的孩子傅力归何笑娜抚养,并判定傅大林附带民事责任,一次付清20万元给何笑娜……与傅大林长期相好的曹雪梅也犯有重婚罪,鉴于种种原因,免于对她的起诉……

但是,令人意想不到的是,曹雪梅在法庭上,作为其中的主要人员做了一番陈诉,她请求法官也宣判她与丈夫傅二林离婚,她要与傅大林一同坐牢,哪怕是三年、五年、十年,她都情愿……

当然,法律是无情的,最终的结果是,在另外一场法庭上,宣布曹雪梅与傅二林离婚。

三年后,傅大林负刑期满,出狱后又经营起了养鸡场。

不久，他与曹雪梅举行了隆重的婚礼。

可是，以后村里人却都疏远了傅大林，不愿与他来往，甚至还咒骂他，竟然勾引自己亲兄弟的媳妇，真是个坏种。

贤　夫

小叶是从二姑家回来的路上被人糟蹋的。

第二天，这一不幸的消息便传遍了全村。

对于小叶的失身，最同情的人是二根。二根因为家里穷，过去，尽管自己很喜欢小叶，可是见了模样俊俏的小叶连正眼也不敢瞅。眼看着小叶遭遇不幸，正是需要人抚慰的时候，二根就经常去小叶家串门，给她讲古经、说笑话，送武侠小说，让她看看，解解闷，甚至让妈摊煎饼、烙油馍给她换换口味。

二根去小叶家的回数多了，很令小叶感动，由感动而生情，爱脸面的小叶就打消了轻生的念头，答应了跪在自己面前求婚的二根。

选了一个良辰吉日，二根带上小叶，高高兴兴去了一趟宛市，买了一套衣裳，看了一场电影，吃了一顿肉丝面，二人就算正式结婚了。

结婚三天后，在简陋的新房里，二根拥着小叶，谋划着今后的日子咋过。小叶就说，俺进了你的门，就是你的人，你说咋过就咋过。

随后，二根就说出了一个想了很久的主意。是让小叶去找她

爹借点钱,他们二人一起去柳溪镇开个小卖部。

听二根一说,小叶知道他指的是家里得到的一笔意外之财。去年年底,小叶失散多年的一位表爷从台湾回来看望她爹,临走时给他们留下了1000美元。到银行兑换成了7000元人民币。再说,小叶父母只有小叶一个独生女,日后还不是由他二根来养老送终。小叶就答应找爹妈试试看。

小叶就去找爹妈商议。通情达理的父母亲听说后,盘算了一下,在小叶与二根结婚时他们二老送了500元,就再分出2000元给他们二人拿去开办商店。

二根和小叶在柳溪镇租了门面,经营起了服装、鞋帽、日用百货。

第二年春天,小叶生了一个女儿。她整天照顾女儿忙家务,二根去进货的时候,就由她看摊。二根偶尔忙的时候,她也会去武汉的汉正街进货。日子就这样流水般地过去。

后来,不知道从哪一天开始,二根对小叶疑神疑鬼。

做生意卖货讲究的是一个人缘关系,加上小叶长得模样好,人们买货的多,生意就好。有时附近搞建筑的民工来买货,小叶微笑着与哪位小伙子多说了几句话,或是晚上小叶去串串门,二根就心生怀疑,盘问来盘问去。问得回数多了,这令小叶很反感,就质问他:"咱们俩是两口子,你咋像审贼似的盘问我呢?"二根就用那锥子似的眼神望着她冷冷说道:"你以前的事情,你心里清楚。"小叶问他是啥事?他不说话了。有一回,临镇的一位远房表兄来找小叶办点事情,小叶就陪着他转了半天。回来后,二根就盘根问底地询问,甚至出言不逊。小叶很是气愤,说:"我陪着亲戚出门办点事情,你也说东道西,这日子没法过了。"二根就揭她的伤疤说:"因为你以前有'前科',我不得不防。"小叶说他不是东西。二根就大打出手。小叶一气之下回了娘家。

等了两天,小叶的爹找上门来。二根就忍着气把小叶娘俩儿接了回来。

小叶回来后,二根不但没有改掉疑神疑鬼的毛病,还竟然对小叶约法三章,最重要的一条就是,不能与那些上门买货的男人眉来眼去。

小叶有一肚子苦水说不出,一个爱说爱笑的人整天沉默寡言。之后她夜夜失眠,不久引起了神经错乱,得了癫痫病,每回发作,四肢抽搐,口吐白沫,不省人事。开始,二根还能伺候照顾,像这样回数多了,小叶一发作,他竟然躲了起来,不闻不问。

由于小叶经常发病,二根就找了一个叫小雯的姑娘前来帮忙。这小雯姑娘人很年轻,又爱打扮,尤其那双钩子似的眼睛,常常使得二根心神不定。时间一长,两人就隔三岔五地一起去武汉进货,明铺暗盖地好上了。

有一天,二根和小雯又一起去武汉进货,留下小叶照顾生意。因为白天需要卖货,到了傍晚,小叶挑着一担湿衣服去街边的柳溪河里涮洗,想不到癫痫病发作,一头栽进河里溺水身亡。

等二根回来的时候已经是第二天的后响了,一进门,他就抱着小叶的遗体号啕不止,嘴里边还不停地念叨着:"以后让我可咋过啊!"

小叶的后事是在核桃洼办的,葬礼很隆重,二根不惜钱财,不但置办了上等的柏木棺材,让人做了不少纸扎的金童玉女、家用电器、奔驰轿车,还请了两班人马响器奏乐。出殡时,二根满脸是泪,从家中一直哭到墓地,悲悲切切,凄凄惨惨,那场面,就是个木头人见了也会落泪……

村里人都说二根是一个贤德的丈夫,十里八村也难找呵!

三人行

春与秋、冬是文友。

那年县文化馆召开文学创作会,他们三人同居一室,从相知到相识,无话不谈。三人属春的年龄最小,写出的诗歌别致空灵。那天晚饭后,春像个小弟弟一样,拿着新写的诗稿请冬指正。写小说的冬扶扶眼镜一页页翻着,眉头渐渐紧皱,挑出一首《春》的诗,说他太消极、太低沉以及太喜欢表现自己。为方便鉴别,不妨抄录在此:冬日/弥漫这愁绪/灰灰的寒风冷冷/吹皱了我心的柔情/每逢山菊花开放/一颗沉寂的心/就飘向山村雾岚的枝头/去寻找吉祥鸟的莅临/因为春就是我/我就是春。春颇不服气,他引经据典,搬出《诗经》《诗论》上某某中外诗评家的妙论,为此二人争得面红耳赤。后来,多亏写散文的秋从中调解,才平息了这场两个小时零 25 分 40 秒的争论。春之所以敢于迎接冬的挑战,是因为有老本可吃。尽管当时他仅有 22 岁,小冬 5 岁,但已经在地区小报上发表过三首共计 15 行的小诗,自然敢说出"你有能耐发一首看看"的宣言。冬说他不愿小打小闹,不鸣则已,一鸣惊人。

五天会期很快结束,三人分手各奔东西。

春回乡后发奋努力,拼命写诗著文。不久,他的小诗荣获某报征文大奖,很快被聘为某报的编辑。

两年后,写散文的秋去报社送稿见到了春。小叙别情,话题转向了冬。春对他十分怀念,就随手写成一信让秋捎给冬,信中写了友情,写了别绪,写了让他来玩及多写短稿的邀请。秋接信后,再三表示抓紧去一趟,一定要找到冬。

此后,春久不见冬来,也不见回音,抱怨冬太孤傲、太清高、太书呆子气,就发誓不再给他去信。

再后来也不见秋来,听说他不写散文了,已经弃文经商。

时间就那么悄悄溜走了,一晃就五年。

某日,秋西装革履、风度翩翩地走进报社办公室,他喊:"哥儿们。"春将昏沉的头从稿纸堆里抬起,见是秋,说哪股风把你吹来了,就连忙泡茶。大大咧咧的秋接过茶杯放下,满脸喜色地从密码皮包里取出带有油墨清香的两本书,那是秋新近出版的散文集,扉页上有请春雅正的手迹。

春接过书,非常吃惊地打量着秋,透出几分羡慕。他准备出版一本诗集,已编定三年,因无钱眼下依然搁置在出版社里,想不到秋竟有如此大的神通。翻了几页,大多是似曾相识的内容,都是秋的旧作。春问秋何以能使作品得见天日?秋递给春一支"万宝路",很轻松很平淡地说:"我做服装生意三年,积攒了几个小钱,托人自费出版,就这么简单。"春听罢,心头有种淡淡的忧伤。

坐了一会儿,秋说,好久不见今天他请客,便邀春一起来到市内一家有名的餐厅,叫了一桌极为丰盛的午宴。士别三日当刮目相看,春品尝着杜康,嚼着佳肴感慨不已,忽然,他又提起了冬,责怪他固执有余灵性不足,捎信让他来报社玩,一直不见他的踪影。

秋缓缓地点上一支烟,徐徐吐出,讷讷地说道:"请你原谅我吧,春,几年前你让我捎给冬的那封信我弄丢了。"

"什么?你怎么能这样呢?"春无话可说,狠狠啜了口酒。

沉默有顷,秋内疚地说:"冬很清贫很可怜,30多岁还没有成

家,还在艰难地写着一部部中篇、长篇……过些时日,我准备给他寄点钱去。"

春没有接腔,一杯杯喝着闷酒,觉得十分悲哀,为冬,也为自己。

出了餐厅,春不知是如何与秋分的手,晕晕乎乎,懵懵懂懂,心如灌铅。

次日,春回县里打听到冬现在的住址,很快乘车去了他那个偏僻的小山村。问了几个人才找到土坯房中冬的母亲。老人听说春是冬当年的文友,从落满灰尘的屋梁上取下了几捆纸卷,悲伤地说:"冬得癌症死了,在一个多月前。躺在床上,他还不住念叨着你的名字。"

此时,春感到自己的头胀得很大。他颤抖着手翻看着一叠叠冬用心血写下的遗稿,鼻子一酸,泪水涌满了眼眶……

觉 醒

春寒料峭的早晨,高星扯了扯衣领,走进了电话超市靠里边的包间,反手关上了门。他拨了一遍又一遍,才拨通了魏娜的手机。只听魏娜懒洋洋地问道:"请问,您是哪位啊?"高星压低了声说:"是我啊,高星,你听不出来啦?"他知道,用自己的手机给她打电话她就会关机,所以他就出此下策,跑到电话超市来打。

"有什么事吗?快说,我很忙。"魏娜仍然是搪塞他的样子。

高星想了想也强调说:"你忙我也忙,魏娜,你听着,我好几次给赵局长打电话,他都不接,请你转告他尽快兑现诺言,把该给的钱打到我新设的账号上……"还不等高星说完,魏娜就说,他的事儿你找他。然后就挂断了电话。

一看魏娜挂了电话,高星很生气,他又用公用电话打过去,她不接,关机了。

高星怏怏地走出那家电话超市。

半个钟头后,他又选择了另一个话吧打给魏娜,仍然无果。这回,他又用同样的方法打到了赵局长的办公室。

赵局长一听是他,假装热情地说:"小高哇,你在那家公司干得好好的,为啥又突然离开了呢?"

高星调侃地说:"赵局长,我为啥离开你应该知道的啊!"

这个赵局长真不愧是一个高明的导演。高星原是一个退伍军人,回到宛城市后不好找工作,就托朋友找到了赵局长的门下,赵局长看他忠厚实在,又有开车的技术,就让他做了自己的小车司机。三个月后的一天中午,赵局长请他单独在一家酒店吃饭,席间摊牌,让他来开车,就是看中他比较忠诚老实,想让他办一件事情。原来,赵局长在局里有一位年轻漂亮的情人——秘书魏娜,他有空就想和魏娜在一起,可是又感觉人言可畏。为了遮人耳目,他就设计让高星充当魏娜名誉上的男朋友。这样,三个人就有机会一起出去谈业务、搞调研,借此游山玩水。后来,高星对赵局长瞒天过海的贪污受贿表示过看法,所以,赵局长就怕他内幕了解得太多了,答应给他一笔"损失费",并介绍他去了另一家不太景气的公司……可是这笔钱赵局长迟迟不到位,加上那家公司不久前裁员炒了高星的鱿鱼,高星落得鸡飞蛋打,目前找个女朋友也很困难,为此高星很是不满,决心找赵局长讨个说法。这不,二人刚说了几句,由于高星怨气很大,赵局长同样也不是善

茬,最终也没有谈出个所以然。

高星实在咽不下这口气,就继续给赵局长打电话,赵局长就说他现在工作很忙,等过了这一阵再说。

连续等了一个星期,高星也不见赵局长的消息,这让他很生气。他决定再不能坐以待毙了,亲自去了赵局长的办公室。见高星到来后,赵局长开始还算客气,后来,他竟然一口回绝了。高星质问他为什么出尔反尔,不承认自己说过的话,赵局长冷笑道:"我什么时候答应非要给你钱啊?你有证据证明我说过这样的话吗?"

高星一时无话了,的确,这些都是他们私下的约定,根本上不了台面。但他不死心,向赵局长摊牌,万不得已他会告发他的。赵局长用手一摆,色厉内茬地说:"你可以随便去告啊,看吃亏的是谁,到头来你也脱不了干系。"最后赵局长以自己公务在身为由,让人将他"请"出了办公室。

眼看工作无着落,人已二十好几还没有谈女朋友,这让高星死的心都有了。怎么办?他不想便宜了这对狗男女,大不了与他们同归于尽。这天上午,他再次到电话超市给魏娜打电话,魏娜像是知道这一切似的,根本不予理睬。无奈,他就只好用自己的手机给魏娜的手机发了一条短信:"魏娜,你和赵局长不让我好过,我也不会让你们过得安稳的。"

魏娜很快回了短信:"高星,你想怎么样?"

高星又回复:"我怎么样你该会知道的!"

魏娜马上劝道:"你可不能做什么傻事啊!有话好商量。我再找赵局长通融通融。"

看来人都有软肋,魏娜显然害怕了,可是高星不想和他们再"通融"下去了。下午,他就走进了市纪检委,将所知道的有关赵局长贪污受贿玩女人的丑行——抖搂了出来。等把这一切说完，他长舒了一口气，感到突然一块石头落了地，心里好像也阳光起来。和那位领导分手后，高星很有成就感地昂首挺胸走出了市纪检委的大门。

价　值

这天晚饭后，我问贴身保镖阿宝："昨天在一张报纸上看到，是不是有一家红舞鞋酒店开业啦？"阿宝说，是。我欣喜不已。最近，我感到生活太没劲儿了，你想，一个农民出身的电子公司的老板，吃遍了本市所有酒店、特色餐馆，跑遍了所有歌舞厅、夜总会，现在住着豪宅，开着宝马，养着二奶的人，总想找点乐子吧。听阿宝一说，我感到今晚的日子好打发了，就吩咐阿宝开车，今晚就去那里寻找一点刺激。

这家红舞鞋酒店坐落在闹中取静的大桥路十字路口。步入装潢豪华的大门，就有一叫小梅的小姐将我带进了豪华的包房。

我仔细打量一番，小梅是那种很随意的女孩，说话文静大方。我接过她倒的一杯茶水啜了一口，顺便问了她一些情况，比如家住哪里，姓啥名谁，可是都被她巧妙地回避了。

风月场中厮混，我也多少了解一点潜规则，一般她们是不会说实话的。然后我就请她唱歌。唱了一阵后，她就岔开话问我，你会哪些歌儿，我说我会的都上不了席面。她说没关系，到了这里就尽管唱。随后在她的诱导下，我们唱了于文华、尹相杰的

《纤夫的爱》，唱了孙楠、那英的《只要有你》等。这一晚我感到玩得特别尽兴，走时就出手大方地给小梅500元小费，但她却摆手不要。这让我有点纳闷，好多小姐还伸手向人要呢，她却有点与众不同。

此后，我被小梅的清纯大方、自然脱俗所迷倒，隔几天就要到红舞鞋酒店唱歌，一来便向总台点名，非要小梅姑娘相陪，如果哪天她不在，我会感到心情很失落。有一次，我们又在一起尽兴地唱歌，当唱到高兴处，我一时把持不住自己，竟然向她提出了非分之想——想亲亲她，却被她婉言拒绝了，这真的出乎我的意料。

有一天，我喝了不少五粮液，见到小梅姑娘后，我从口袋里掏出一个红锦盒，从里面取出一条价值万元的纯金项链，要为她亲手戴上。谁知，她微微一笑说："你每晚都在总台付有包房费，而且你每次来会特意点我的名作陪，这本身就让我很感激了，请你把这项链收起来吧，我谢谢你的一片好意。"

被一位女性拒绝所送的礼品，在我的人生经历中还没有遇到过。说实话，从内心里，我对她产生了几分敬意，而且更加喜欢她了。

彼此熟识后，我也知道了她的一些情况，她原来是这座城市一所大学的大四学生，来自贵州偏远的山村，因为母亲有心脏病常年吃药，自己上学也花去了不少钱财，所以她决定寻找一条出路。由于爱好唱歌，她就托人找到这家酒店咬牙挣钱，一来为母亲治病，再者也可贴补家用……

得到这些信息后，我心中很是兴奋，决定在这里打开突破口。一次见面时，我真诚地向她摊牌，目前在社会上找工作很难，希望她在毕业后可到我的公司工作，前提就是做我的秘密情人。如果彼此关系继续发展下去，我还可进一步提供别墅和钱物包养她。

但做梦也想不到，我的一切如意打算都被她一口回绝了。

当时我由爱生恨，愤怒至极，是铁青着脸离开那家红舞鞋酒店的。可是，小梅越是这样做，越是让我欲罢不能。我甚至在暗中发誓，无论花费多少钱财，这一生我也要得到她。

通过暗中调查，知道了小梅居住的学校宿舍，我付钱给一家花店，每天早上为她送上一束红玫瑰。而我却一直不去那家酒店，也是想吊吊她的胃口。

半个月后，突然，小梅给我打来了电话，提出要和我见面，地点选择在一家不起眼的"家常酒店"。那一会儿我感到欣喜若狂，终于验证了"树不倒挖坑小"这个真理，任什么样的人也难逃避物质金钱的诱惑。

我欣然前往。

不过事情并非像我想象的那样如意，一见面她就表示这顿饭是她请客。然后上了几个简单的菜肴后，她站起来端起酒杯，开门见山地说道："伍总，真诚地谢谢你的一番好意，谢谢你的红玫瑰。"我也开心地向她表示："呵呵，这只是一点毛毛雨啦！"

当得意和笑容还没有从我的脸上消失，她后来说的话却让我大失所望："伍总，非常感谢这段时间以来你对我的关心和爱护，才使我也过得很开心。不过，今天我请你来是想告诉你，我就要离开海清回贵州啦。"

"你怎么想到要回老家呢？那是个很穷很穷的地方，"我惊讶地说，"你应该考虑我以前对你说的话，我是真心喜欢你的！"

"是啊，我们那里的确还很穷，但是那里毕竟是我的家乡啊！"随后，她说她上的是师范大学，老家教育条件落后，需要她这样的人。

两个人话不投机很快分手，当最后我执意要买单的时候，她

说这顿饭是她请的,理应由她买。最后她还说:"今天,最想让你知道的是,女人并非都像你想象的那样,有些东西是金钱买不到的。其实金钱不是万能的,一个人无论贫贱富有,都希望自己有一份人格和尊严,需要有一份平等的对话和淡泊的心态,不要认为拥有了金钱就能拥有了一切……"

我一下子傻眼了,感到真的不可思议,天底下竟有像小梅这样的女子。临分手的时候,我感到这一切像是一场梦。

自此之后,我开始重新审视金钱的价值。

哭 丧

这天,在鄂西北 K 市街头,有一对 30 多岁来自河南的夫妻正在卖唱。男的长方脸、络腮胡,正手操曲胡拉得卖劲;女的齐耳短发、面目清秀、身材苗条,她唱的是河南曲剧《陈三两》中的一折:"陈三两迈步上宫廷,举目抬头看分明,衙门好比阎罗殿,大堂好比剥皮厅……"一段唱完,赢来了一阵"哗哗"的掌声,就有人往他们面前的小铝盆里扔一些一元钢镚和纸币。随后,就有人起哄让他们继续唱下去。

稍作停歇,女的就唱了一段《十二月想爹娘》,唱得情真意切、字正腔圆。正唱着,从旁边的马路上过来一位老板模样的骑摩托的人,他站定听了一曲之后,便大声叫"好",尔后慷慨解囊,掏出一张五十元钱递给他们作为奖赏。利用休息的空当,这位老板就问问他们姓啥名谁,家住何地,这女的就一一道来,说,她叫徐兰，河南南阳农村人，男的是她的丈夫，只因家乡人多地少，他们只好等到收秋已毕，出来靠卖唱挣点小钱。原来，这位老板叫普月柏，也是南阳人，早年家里穷，就只身一人去湖北闯荡，从一个小工干成了一个房建公司的老板，当听说自己和他们二人还是同一个县的，就有了一种亲切感，得知他们如今还住在一个小旅社里，当下就让他们随他一起去公司住，那里有几间库房空着，不但不收他们的房钱，还每一个月给他们800元钱的看管费。

普老板平时很忙，只有谈成一笔大生意之后，他才有空请徐兰夫妇唱上几段。其余时间，徐兰夫妇就在这座城市转悠。渐渐地，他们的名气在街区大了，有人就提议他们在街心的小花园里唱歌、唱戏，既活跃了当地的文化气氛，也满足了附近不少中老年朋友的需求，何乐而不为？一听这主意不错，徐兰就在街心花园里表演节目，唱到中间，就有热心的老乡为其收钱，五元、十元不等，一天收入不下百元，还真比过去挣钱。

有天下午，徐兰在小花园里唱得正高兴，忽有一位穿戴时髦、十分体面的中年人赶过来，一见面就说："徐老师，我家70多岁的老母亲昨天不幸去世，想请你去唱上几段哭戏，你看怎样？"

这时的徐兰有点为难，今天来小花园的都是过去的老主顾，如果真走了，会拂了大家一片好心。一看她有点为难，来人就说，你不要怕，我给你开大价钱，去一场是800元。

嗨，800元可不是小数目啊，胜过她好多天的忙碌。这时的徐兰真的动心了。旁边也有老乡帮言，出门在外以挣钱为主，这正好说到了她的心窝里，她便向经常光顾的朋友们道了声"抱歉，请多多包涵"，就随那位中年人去了。

路上徐兰才了解到，这位主顾名叫盛占军，在市内开着一家大型超市，也是有钱的主儿，只因他们兄弟姊妹几人，大多是官场、商界里有头有脸的人，可是，因为老娘久病在床，花费了姊妹们不少钱财，也浪费了不少精力，如今老娘去世，可他们却哭不出眼泪，为了制造一点悲伤的气氛，在别人的提议下，就找到了徐兰前来哭丧。

当晚七点之后，盛家就摆上了灵堂，白幡飘拂、哀乐声起，此时的徐兰就想起了自己悲哀的童年、心酸的家史：她自幼父母早亡，跟着奶奶艰难度日，长大后过早辍学，随后便嫁给了一样贫苦的丈夫，想想前情不由得进入角色珠泪滚滚。这徐兰不愧为煽情高手，尤其唱到《秦雪梅》《刘全哭妻》《孝子哭灵》等，真是哭得悲恸万分，使得在场的人无不潸然落泪……这一晚，除了哭丧的800元钱之外，还有孝子孝女和亲朋好友馈送的红包，算一算，竟然收到了1900多元。

自此之后，徐兰因哭丧声名鹊起，远近不少有人过世的家庭都以能请到徐兰哭丧为荣。不过，徐兰哭丧也有优惠的时候，有一个叫徐家营的城中村有一位下岗工人的老娘去世了，可是老娘在临死时向儿子提出唯一一个要求就是，在她去世后，让儿子请徐兰为她哭丧。那位下岗工人说明来由后，徐兰当即表示，满足老人这一心愿，事毕一分钱没有收，做了一回孝女。

看到徐兰体恤普通百姓，就连市郊遇到丧事的农民也请她前去哭丧。有不少丧葬乐队与她有长期的合作关系。有一次，一位姓贾的私营电子厂厂长的老爸去世，特意开车来请徐兰前往，并让她用全部的礼金为父亲哭丧，说，钱不成问题，如果哭得让他满意，另外赏钱。

贾厂长势大位重，不少官场、商界的朋友前来捧场。他家占用了半条胡同来为老爸的去世做道场。连续三天三夜，徐兰要为前来吊唁的人陪哭，累得嗓子也嘶哑了。到了第四天上午出殡，她身戴重孝在大门口为贾厂长的两个妹妹拦棺哭丧,带着感情唱了《刘全哭妻》《杨春扫雪》,又唱《十二大贤》《二十四孝》,到后来她说实在太累,坚持不下去了,希望尽快结束,而贾厂长让她再唱《秦雪梅》和《小寡妇哭坟》,一段给一千元钱。

这时的徐兰央求道:"贾厂长,我已经唱了三天三夜,你就是一段一万元钱我也无法唱了,因为我也是人。"然后,她面对死者的骨灰盒深施一礼,用戏曲上的念白说道:"仙翁去世,贾门悲哀,小女徐兰甘做一回孝女送老先生一程,望你一路走好。"之后拜了三拜,站起来,又面向贾厂长双手一拱,说:"贾大哥,我这会儿身体不适,需要马上去医院。今番徐氏高攀,三天哭丧分文不收,你节哀顺变。"说罢,她脱掉孝袍,不顾旁人的拉拽拂袖而去……

名医张

柳溪镇有位八代单传的医生叫张积贤,对中医博学精深诸般通晓,尤其治疗噎食病特别拿手,无论早晚期,他利用家传秘方熬制的膏散丸丹,只需一个月即可康复,被四乡八镇的人们称为再生的华佗,此后,乡人不再唤他张医生,而是称他名医张。

名医张性格内向,寡言少语,平日深居简出,除了为人治病外,就长久坐在屋中手不释卷地研习医道。

名医张早年丧妻,仅有一女,名曰桃花,25岁那年才招婿上门。

女婿刘山虽出身穷苦人家,却也精明能干,平时帮助抓药,注意观察岳父对病人望闻问切的诊断要诀,闲暇就翻看药书积累经验,两年下来,一般的疾病他都能治得。名医张看刘山聪明好学,夜深人静熬药炼丹之际,就让他在身边打个下手,生活过得平静而幸福。

可惜好景不长,镇领导勒令名医张停业整顿并入镇医院,献出八代祖传治疗噎食病的秘方。无奈他恪守遗训誓死不从,一群"小将"就给他戴上高帽游街示众。他实在难以忍受这残酷的折磨,在一个凄风苦雨的暗夜逃往钟祥,隐姓埋名……直到风和景明之际,名医张才返回柳溪镇重操旧业。

于是,张氏诊所治疗噎食病的绝技又名播四乡,甚至香港、新加坡等地的患者也慕名前来求诊。

不过,张氏诊所治疗噎食病,有一个雷打不动的死规定:每月限接治五名患者。

这样,山南海北的病人,心急火燎地来到后,就只得挂上号,住进旅馆耐心等待。那日刘山看到很远来求治的病人脸上痛苦急切的表情,就劝说道:"伯,救人一命,胜造七级浮屠。咱既然有空闲,何不多治几个病人呢?"坐在太师椅上翻药书的名医张停下来,翻着眼皮乜了乜:"这是古训,你才出道几天懂个啥?要知道,这是张家的规矩。"

刘山知他性情怪异,只好小声嘟囔几句就去药房碾药去了。

如此几番摩擦,二人似有隔膜,再熬药炼丹,名医张就借故支开刘山。而刘山经这么多年的耳濡目染,对熬药、诊治等一系列疗法大多掌握,就一改往日的温顺,横下心来决计另立门户。他先做通了桃花的工作,然后二人一起找名医张商议。名医张听后惊愕许久,尔后长叹一声,蔫蔫地说:"自古道,分久必合,合久必分。你俩既然想出去闯闯,我也就不阻拦了。"言罢,名医张交代了一些医道上诚心治病、老实做人的训教,当下又拿出5000元钱给他们置办药材,然后又把用家传秘方熬制的精品要药分出一部分交给刘山。没几日,距柳溪镇西20里地的枣林集开设了"张氏食道癌专科分部。"

刘山的分部开张后,就敞开门户接治病人,不少在柳溪镇等得心急的食道癌患者赶往枣林集,不足一月病人愈后而归。刘山性情温和,态度好,远近病人纷纷拥来,门诊很是热闹。

半年不到,那些经刘山治疗的病人或愈后复发,或重者减轻而不愈,便又求到名医张的门下,名医张破例收下。

名医张一个人生活十分孤单,有时名医张心烦意乱就借酒浇愁,谁料想,剧增的酒量酿成悲剧。那日,他正闲坐思考,猛然觉得头脑发晕,身一歪口吐白沫躺倒在地上,一些患者的家属将他送到医院,确诊为脑血栓。

刘山和桃花闻讯赶回来精心伺候。两天后,名医张的病情稍有缓解。刘山坐在床头,擦拭着从他嘴里淌出来的口水,想到食道癌患者治后又复发,未能彻底痊愈的烦恼,刘山就轻言慢语地问道:"伯,你治一个好一个,而我近来所治病人只能减轻不能愈,这到底是啥原因?"他一遍遍地问,问得烦了,名医张"嗯"了一声别过脸去。

名医张心力不支,病情日见沉重,可能要不久于人世,而萦绕在刘山心头的阴云还没有散去。

又过几日,名医张茶饭不进,昏迷不醒。连续挂了几支吊针,他睁开了深陷的眼睛。

刘山凑近来,睁大眼关切地问道:"伯,俺们是你的女婿、姑娘,你可不能扔下俺们不管哪。"

听到女婿恳求几遍，名医张喘息一阵，才用那细若游丝的声音问道："开，开张时你用我单独下的药，眼下使的是你自己熬的药，是吧？"

刘山点点头说："对，对。"桃花也在一旁随声附和。

"有，有两味药我单独下的，从来没有对你说过。"

名医张望着面前渐渐模糊的人影，双眼放出一丝亮光来，他艰难地眨动一下眼皮，微微地闭上了……

"伯，"桃花痛哭失声、泪水涟涟，"你不能走哇！"

刘山怔怔地站在那里。

梦幻中的金顶

王嘉是余禾的女朋友，年内二人约定，春节后一起到余禾已联系好的广州一家大公司实习。

春节刚过，说定提前一天到校报到的王嘉却不见了踪影，余禾给她打电话却关机，发短信也不见回复。后找到她的宿舍，一位室友递给他一张字条：我于今天去武当山，你暂且等待几日。实际上，王嘉的这次出走并不突然，过去，身体瘦弱的王嘉曾多次告诉余禾，自她看了《太极张三丰》后，心中就有了一个愿望，有一天去道教圣地武当山一趟，领略一下那里的名山圣地，学一学武当拳法。王嘉的心情余禾也很理解，况且他也从未去过武当山，何尝不想自己有朝一日能亲自领略一下这个中国著名道教圣地的风采，欣赏一下太极湖的美妙，看一下绵延140华里中国规

模最大的道教宫观建筑群！可是实习在即,怎能影响学业？心急如焚的余禾当晚坐上了 11 点多武汉发往武当山的 K8130 次列车。

到达武当山车站是第二天的凌晨,天还有些寒意。站在车站外,余禾心想:王嘉肯定是怕他反对,不辞而别,按照推算,她昨天下午到武当山,会在景区休息一晚,今天从容上山。余禾即刻乘车去了景区,到那里正好是八点多钟,大门洞开,游人如织。一直向前走,进紫霄宫,过太子坡,站在九曲黄河墙边,回望曲折回环的砖铺路径,富有情趣。接下来到了逍遥谷,一对对情侣游走水畔,倩影倒映,鸟雀和鸣,组成了一幅如梦如幻的图景,尤其看到猕猴向游人讨要食物的情景,感到人与大自然的融合,有一缕缕温暖在心中流动。之后,余禾相继去了一些景点,游览了宏伟的南岩宫、灵动的乌鸦岭、险峻的天柱峰等。因没有带数码相机,只好用手机拍下一些精彩镜头,也算来此一游的见证。

下午三点多,余禾一直没有见到女友王嘉,余禾给王嘉打电话仍然关机,令他心里焦躁不安。难道她出了什么事情？当余禾走到一处宫殿旁边的平台上时,他有幸看到了一位道人正在那里练功,便上前询问是否看到貌似王嘉的姑娘。道人双手合十,说道:"施主好！贫道刚才见到一位姑娘,询问武当拳法一些事情,我向他直言说,一位女施主在此练拳有诸多不便。无奈之下,她就顺着这道山壁向南去了。"

看情况无疑就是王嘉了,余禾匆忙向南而去。走不远,手机响了,他掏出一看,正是王嘉的。他急忙询问:"嘉嘉,你现在哪儿？"王嘉说了具体位置,果然离此不远。半个小时后,在一个山坡上,当王嘉见到余禾的一刹那泪水潸然而下。此刻的王嘉头发凌乱,正困乏不堪地揉搓着腿部,说自己这次来武当山,一是想看一看这里壮美的景观,二则想找一位师傅学学武当内家功,使自己的身体强壮起来。而余禾向她解释:"你一个女孩,举目无亲,在此学武太不现实,以后有机会再说。"说罢,拉她起身去赶回武汉的火车。

在走出山门那一刻,王嘉回望身后的武当山,有点遗憾地说:"余禾,就业太难了,我不想走,想留在这里学武当拳。"余禾看着她那愁苦的脸劝说道:"你的想法太幼稚了,我们目前要面对现实,要发挥好自己的专业技能……"王嘉马上又打断他的话:"来一趟不易,我还没有认真看看武当山景致,没有登上金顶就走,是不是太遗憾了?"余禾再次安慰她:"人生有许多遗憾也许能变成动力。王嘉,我们以后好好实习,好好创业,也许有一天我们会重登武当山金顶的。"

王嘉在余禾的拉拽下,一步一回头地向山下走去。

遗弃的卡片

下岗的刘桂萍在新店路开了一家干洗店,一直以来本分经营,赢得熟客回头,生意日益好起来。

这天,刘桂萍接了一单深黄色毛料西服上装,一看牌子是雅戈尔,正宗的名牌,是由一位二十一二岁的姑娘拿来的,估计是个保姆。她一到店里,就催着快洗快熨等着穿。刘桂萍看她着急的样子,便说等自己手头这一件忙完就可以弄了,让她暂时稍等。那姑娘连连摆手说:"不行不行,我还有事,小晌午我再来。"说罢就匆匆走了。

刘桂萍处理罢手头那件衣服之后,果真开始料理那件雅戈尔深黄色西装上衣。在预处理后开始干洗的时候,刘桂萍突然发现在这件西服的内衣口袋里有东西。她掏出来一看,好像是一张购物卡,上面写着黄××的名字,为了以防忘记,她把这张卡放到了一个明显的位置,打算等那位姑娘来后亲手交给她。

刚刚烫洗完后,那位姑娘就来了。刘桂萍把衣服交给她的同时,还不忘把那张卡交给她。谁知姑娘将那张卡拿到手里看了看后,顺手扔到了地上。她说,没有用了,不要了。说罢,拿了衣服很快便离去。

送走那位姑娘,又来了一位男青年,大约有二十四五岁的年纪,戴着一副深度近视眼镜,文质彬彬的样子。见了刘桂萍,他拿出了一件风衣,说自己有急事,请求刘桂萍现在帮忙就干洗处理。

顾客是上帝,刘桂萍放下手头一件活儿,只得说好吧。马上接了男青年的风衣,很卖力地忙活起来。

在屋子中踱步的男青年无意中看到了地上的那张卡片,顿时眼前一亮,说这张东西你不要了?刘桂萍看了一下男青年手中拿的那张卡片笑笑说:"一个顾客刚才扔掉的,想要你就拿去吧。"

男青年把那张卡片装进了自己的口袋内。

刘桂萍将那件风衣处理好后,交给了那位男青年,他说了声谢谢,出门走了。

第二天上午,刘桂萍正在忙碌着干洗衣服,那位保姆似的姑娘匆匆地走进店来,问她要那张卡片。刘桂萍问她要它干啥?姑娘说,她的主人说有用。刘桂萍又问有啥用?姑娘支支吾吾了好一会儿,甚至额头上的汗也出来了,再三恳求道:"反正很有用,你快给我吧!"

看到姑娘着急的样子,刘桂萍认为兴许不是一件小事,忙说:"你昨天顺手一扔,后来有个小伙正好来熨衣服,顺手就捡走了。"

姑娘哭丧着脸问:"那人是哪里人?你快找找给我要回来。"

"我上哪里找哇?"刘桂萍很无奈地说,"人家来干洗衣服,我怎么好问人家家住哪里、姓啥名谁?"

"大姐,你就帮帮我吧,万一要不回这件东西,我这两月的工资没有不说,还要被赶走。"姑娘几乎眼泪要掉出来了。

那这怎么办?后来,刘桂萍想了想:凡是到她这个店来干洗衣服的,兴许都住得不算太远,回头她留意一下,或许能找到这个人。刘桂萍只好答应帮她问一下。姑娘慌慌地走了。

哪想到,次日一大早,这位姑娘又来了,一进门"扑通"给刘桂萍跪下。

一看这阵势,刘桂萍忙把她搀扶起来:"你这是咋回事儿,有话好好说嘛!"

姑娘抹着泪起身说了实情,她要不找回那张卡,她的女主人就认为是她在从中捣鬼,会要了她的命。听到姑娘这样说,刘桂萍觉得是不是太严重了。就是掉了金子、银子,也不至于要了人的命呀!刘桂萍就问姑娘,你家主人能有这么厉害?姑娘吞吞吐吐地说,那个男主人是个高官。刘桂萍咧嘴笑笑说:"他总不至于是咱们市委的黄书记吧?"姑娘惊愕道:"你怎么知道?"听姑娘这样问,这让刘桂萍想起,那天在那张卡上真的看到一个黄字。

不幸被言中,但也不一定如此严重,刘桂萍不以为意地说:"就是丢了,那又怎么样?"

姑娘怯怯地说:"主人说,要是到了一些人的手里,会坏大事的。"

这下刘桂萍的确感到了事情的严重性，可她也无能为力，只好安慰姑娘一阵，让她走了。

一个星期后，电视和报纸上相继报道，本市市委书记黄秉乾被"双规"了，他的下台完全由于一张消费卡。

接下来，黄秉乾被"双开"，并移送司法部门处理。

有一天，刘桂萍的干洗店来了那位男青年，他说他是一位省报驻本市记者站的记者，特来感谢刘桂萍的，正是那天自己捡到了那张消费卡，才扳倒了黄秉乾这个贪污的高官。原来那是一张本市皇冠夜总会的消费卡，从编号上查到是属于黄秉乾的。这位记者顺藤摸瓜引出了本市一桩大案……

这时唏嘘不已的刘桂萍不知道该怎么说了，她感到，扳倒一个贪官原来这样容易。

迷失的网友

下班后，从车间走出来，吴天海收到了周编辑的一条短信。

周编辑有恩于他，曾在刊物上给他发过几篇散文。他马上回电话过去。周编辑说了原因：深圳一位读者看了他发表在《××文学》的那篇散文《铭记在心里的思念》后，认为写得很好，就打电话给周编辑，想与吴天海交个朋友。

有点受宠若惊的吴天海就答应了这件事情。

两天后，吴天海接到一个来自深圳的电话，说她是深圳一家服装厂缝纫车间的工人，老家是贵州山村的，在深圳打工已经有

四五年了，因为爱好文学，经常购买《××文学》，看到他那篇怀念家乡的文章很感动，就有了与他联系的想法。末了，还谦虚地说要拜吴天海为师，希望能得到他的指教。

很快他们彼此就加了QQ，成了某种意义上的网友。之后，他知道她叫舒玉，二人谈论的大多是文学方面的问题。在不断的接触中，吴天海感到舒玉写的散文和小说，虽然稚嫩却富有灵性和质感，其语言就像山间的小溪汩汩流淌，有着述说不尽的韵味和魅力。仅仅经他之手修改了几篇，很快就在深圳和广州几家有影响的刊物上发表。一次，舒玉写的一篇小说在外地一家刊物发表后，还意外地被《小小说选刊》转载了。舒玉抑制不住自己的兴奋给吴天海打电话，说要感谢他。吴天海诙谐地说，你怎么感谢我？随即她就从QQ上给他传过来一张新近的照片，并说，你看着我的照片，我给你献上一个热吻，弄得吴天海心里火烧火燎的。

有一天晚上，舒玉又写出一篇新作，通过QQ给他传了过来，写的是一篇爱情小说，讲述了一对身在不同城市的青年男女，因为共同的爱好成了一对志同道合的恋人，文字唯美凄绝，故事波澜壮阔，很能打动人心。舒玉打字说，希望吴老师给她好好修改一下。吴天海连续看了两遍，感到没有可改的地方，就又利用QQ给她传了过去。不一会儿，舒玉就询问他，吴老师，你是不是不想给我修改呀？吴天海接到后郑重地给她打了一个电话，说自己真的无力修改，并且还再三强调，你以后千万不要喊我吴老师了，真真羞煞人。

自此之后，舒玉似乎很少再给他传稿子修改了。正好那一段，吴天海的焊接车间经常加班，不要说给别人改稿子了，他就是看书也没有时间。

两个月过去了，吴天海忽然觉得好久没有舒玉的消息，吴天海就给她打了个电话,问她最近又写什么新作没有?舒玉就很烦躁地说,最近事情很多,顾不上。

又是半个月过去,舒玉在电话中喜滋滋地向吴天海说,她前些时日因为写作的原因,被公司老板提拔成了办公室秘书。吴天海就在恭喜、祝贺之后称赞,你以后不用上缝纫机台了,写作的时间就多了,要珍惜这难得的机会。谁知舒玉不无得意地说,什么呀,天天要应酬,忙死啦!说罢就挂掉了电话。

好一段时间过去,不见舒玉上线,吴天海就给她留言,问她最近怎么样,说,怎么不见你发作品呢?连续几次留言,舒玉才回复说,好长时间都不写了,觉得写作实在没有意思。接到这样的回复后,吴天海在无限惋惜之余又有几分忧虑。

时间过得飞快,眼看临近春节,吴天海又想起了舒玉,他们大约有三个月一直没有联系,她的QQ总是隐身,任吴天海怎样给她留言,也始终不见回音。打过去电话,里面的提示也总是"你拨打的电话已停机"。吴天海就纳闷了:我就是不能给你改稿子了,水平没有你的高,也不至于为此断交呀?

到了大年二十几,厂里放假了,吴天海回河南老家,中间经过舒玉所在的深圳,他就先买了汽车票到深圳下车,去了舒玉那个公司。问了一个人,他说舒玉早就不用上班了。吴天海问她去了哪里,他说,你去问老板吧。吴天海没找到老板,他又去问另一个办公室的人。当那人知道了吴天海与舒玉的关系后,就坏坏地一笑,说不知道。

在冷冷的寒风吹拂下,吴天海离开了那家公司,踽踽地走在路上,他的心头感到几分压抑和沉重。

玉　佩

"海龟"钟自顺提前来到了宛城市卡夫卡酒吧,看了看手腕上的劳力士名表,已经是上午九点一刻,怎么还没有看到秋子兰的影子呢?嗯,后来一想,女人总是迟到一点显示出优雅的高贵。钟自顺与秋子兰原是一对恋人,一同毕业于省城的一所名牌大学,尔后两人来到了宛城市,秋子兰应试到市政府秘书科做了一位文员,而他则进了省属科技学院做了教师。心怀梦想的钟自顺讨厌这种朝九晚五的上班族生活,渴望自办公司体现人生的价值。很快他与循规蹈矩的秋子兰感情上产生了裂痕,一气之下考托福去了澳大利亚。虽然在一所大学里自费读书,实际他一天也没有正经学习过,而是从为餐馆端盘子、送外卖做起,经历四五年的奋斗,终于办理了绿卡,创出了自己的餐饮公司……从一位留学澳大利亚的同乡口中得知,分手后的秋子兰目前仍是单身,他便趁自己回国看望父母亲的机会想见见她,打算劝说她放弃公务员。他计划在宛城市开一家酒吧,由她全权经营……

酒吧门口终于出现了秋子兰的身影。二人寒暄一阵后落座,举起卡登格红酒干杯,互诉了这几年分别后的经历、思念和苦衷,趁着秋子兰怀旧的时候,他说了自己的打算。

秋子兰面有难色地说:"这几年我过惯了这种生活,能行吗?"

钟自顺笑笑说:"正是这种环境助长了你的惰性心理,如果你悬崖勒马回头是岸还来得及。"而秋子兰皱起了眉头,停了一会儿,摇摇头说:"我还是这样生活吧,已经习惯了!"

钟自顺再次端起酒杯与她相碰,然后坐下来问秋子兰,你知道我为什么请你到这家卡夫卡酒吧吗?秋子兰望望他低下了头。钟自顺清清嗓子继续说,还记得五年前我临去澳大利亚的那个晚上,在这家酒吧咱们那次相聚吗?我劝你随我一起走,而你却下了通牒,让我留下来,否则分手。我说,我走是肯定的,临走再送给你一块独山玉佩留作纪念。你一听我还是要走,把那块玉佩拍在了桌上起身离去,玉佩顿时断开两半,让我好伤心……

也许钟自顺的话触动了秋子兰的某根神经,她忙打岔说:"你今天请我来不仅仅就这些吧?"听到秋子兰这样提示,钟自顺又晃了晃手中的酒杯不管不顾又道:"我到了那边,经常想起这个叫作卡夫卡的酒吧,后来,由回忆卡夫卡酒吧到读起了卡夫卡的小说《城堡》《审判》《变形记》等,知道卡夫卡是捷克的犹太作家。有一天,我走在澳大利亚首都堪培拉的街头,突然看到了一幅巨大的英语广告牌:卡登格红酒,白领人士的最爱。由此,我想起了宛城市的卡夫卡酒吧,为什么不回去给你开一家秋子兰酒吧呢?专门引进、经营这种卡登格红酒,那生意肯定红火……"

"你让我想想好吗?"秋子兰的话语柔和多了,"毕竟我的父母他们的思维都很传统,就是转变也要有个过程。"

钟自顺一听有希望,于是连忙说:"没有关系,我给你三天时间,你尽可以慢慢想。"

秋子兰出门的时候,她没有让钟自顺送,而是小声告诉他:"你可以在酒吧里再仔细观察、询问一下,看看他们有什么经营的绝招嘛!"

"一定遵命。"钟自顺神情严肃地来了个立正,目送她悠然

离去。

就在秋子兰走后,钟自顺从脖子里取下那块曾被秋子兰摔裂的独山玉佩,现在已经被钟自顺请玉器店的师傅黏合好了。他手捧着放在面前,感慨不已。

义　贼

山喜干活的工地老板三个月没有发工资了。老板是二包头,只负责大楼建筑中挖挖地基、铺铺地板等差事。后来听说大老板资金链断裂,整个工程很可能不能继续下去,二包头日子不好过,到头来工钱自然是白瞎。山喜想回家另谋出路,可惜手中没有回家的路费。怎么办?他打起了歪主意。

距离山喜工地不远有一个小区,小区的十六幢六楼一单元房内,居住着一位六十多岁的老太太,她虽然有儿女,却很少回来。他曾踩过点,决定干一把,挣一点路费就离开这座让人伤心的城市。

这天,吃过晚饭,山喜悄悄离开了工地,大模大样地来到了那座楼房前,楼道里人来人往,而人多才更能有可乘之机。他闪身走近那家门口,轻轻敲响了门。只听里边的老太太问道:"谁呀?"这时的山喜左右看了看不见人,就随口答道:"我是物业的保安,过来看看。"

一听是保安,毫不设防的老太太就从容地打开了两道门。只见山喜闪电般进了屋子,急忙关上了门,立刻逼近老太太,亮出一把手钳威胁道:"你不要声张,否则我就不客气。"说话的时候,那声音分明有点发颤。

"你想干什么?"老太太神情淡然,显然她并不惊慌。

"我,我不会害你的命,只是想图点钱财。"山喜心慌意乱地左右搜寻着什么,发现里面确实没有旁人,心里稍稍镇静一些。

"小伙儿,我也是快要入火葬场的人啦,对钱也并不那么看重,你想拿啥就拿吧。"老太太回身安然坐在了一把竹椅上。等了一会儿,看到山喜还没有动作,老太太就催促道:"你咋不拿呢?"

"我,我,我不知……"山喜额头上沁出了一层细密的汗粒。

老太太"哦哦"了一下,起身迈着老态龙钟的步子,从立柜的一个小抽屉里找出一串钥匙,将几个箱子、柜门打开,拿出五张存折、两张银联卡,还有一条金项链和两只银手镯以及一千多元现金统统放在了客厅中间的茶几上。随后说道:"我是一个老人,值钱的东西也只有这些了。"

山喜迟迟疑疑走近前,看着那些堆在茶几上的东西,一脸茫然地望向老太太。

老太太手一摆,意思是全拿走吧。

山喜看着一脸慈祥的老太太有点心虚地靠近茶几,从那一叠钞票中抽出三张一百元拿在手中,便后退着向门口走去。

"你等等。"老太太沉声说道。听到呼唤,山喜头上的汗瞬间流淌了下来,他以惊愕的目光望着老太太,不知如何是好。

"你为啥不把钱全部拿走呢?"老太太不解地问道。

山喜看了看她,没有说话。

"我想知道,"老太太以那种和善的眼神望着山喜,"你是不是第一回干这种事情?"

山喜无奈地点了点头。

老太太平静地说:"那你走吧。"

山喜没有立刻走,他期期艾艾地想向老太太再诉说些什么,终于还是没有说,然后又后退两步开了门。谁知等他刚一将门打开,外边闪电一般冲进一个人来,使用一招制敌术将他的胳膊扭到了后边。

"郭泉,你咋回来了?"老太太欣喜地问道。

来人郭泉是老太太的儿子,市治安大队的民警,今天为一件案子经过社区,顺道过来看看,刚一到大门口,就听一位对门的邻居打电话告诉他,通过猫眼观察,看到一个可疑的年轻人进了他母亲的房间。他急忙乘电梯奔上六楼门口,贴着门倾听,不见里面有动静,就守株待兔站在门口等候。听到母亲询问,他简单说了一下,就让山喜坐在竹椅上开始盘问。

喘着粗气的山喜说了自己的遭遇和想"找"点路费回家的打算。

郭泉厉声斥责:"那你也不能铤而走险做这种事儿?"

山喜从上衣口袋里掏出他刚拿走的三百元钱放到了客厅的茶几上,不住扇着自己的脸说:"我不是人,我不是人。"

郭泉的母亲连忙走过去拉着他的手,并回身把茶几上的那三百元钱递到他的手中,说:"拿着,这钱是我送你的。"

看到山喜无地自容地接过钱,郭泉不答应,打算将山喜送到辖区派出所去。郭泉的母亲一把将他推到一旁,并说:"这里不关你的事儿。"然后就催着山喜快走。山喜刚一走近门口,忽地回转身来"扑通"跪在地上,向着老太太连磕三个响头,站起来握着钱说:"这钱是我借你的,日后我会还你的。"说罢匆匆离去。

郭泉抱怨母亲说:"妈,你这不是让我犯错误吗?"

郭泉的妈妈深有感触地说:"得饶人处且饶人。"

会　混

　　唐家洼的乡亲们把能光宗耀祖、出人头地的人称为"会混"。
　　魏金栓和朱力木同岁,都是60年代出生的人。最早的时候,我们村里的乡亲们众口一词都称赞魏金栓比朱力木"会混"。高中毕业后,魏金栓就仗着会写通讯报道,先在村委做通讯员,负责照看村委的那架老式的电话机,上面有了什么重要指示,他会通知村支书,村支书再让他写出有关通知,再由他骑上自行车通知全村9个自然村的19个村民小组,约定几时在村部开会。开会的时候,他负责摆弄麦克风和记录开会要点以及奉茶倒水,偶尔也写些小文章在地区党报上露露脸,被称赞为唐家洼村的小秀才。
　　他还有一个重要的特点,就是无论谁找他,他都是面带微笑,说话谦恭,一律不得罪人,而且遵循能管不如善推的行事原则,无论啥事都把控得天衣无缝。后来,他由于"成绩显著"受到了村委干部们的一致表扬,被推荐到镇政府做了新闻干事,成了领国家工资的干部。为此,村里人都夸魏金栓会混,比同样有点才学的朱力木强百倍。做新闻干事那几年,魏金栓做得顺风顺水,尽管镇长和镇委书记两人有矛盾,他总能两边和稀泥,都不得罪。比如,有一回县政府需要一篇有关柳溪镇党建文明的材料,镇党政办公室就把这一光荣而又艰巨的任务交给了他。问题是上报的材料只有一篇,而主要人物却有镇书记和镇长二人,他能写谁

呢？这魏金栓聪明就聪明在这里，无论再容易的事情他都不轻易下断语。他毕恭毕敬分别去找镇委书记和镇长征求意见，看这份材料怎么写，或者说选择哪个角度下笔。而刘书记和程镇长是党培养多年的干部，都比较谦虚谨慎，互相谦让。刘书记说，程镇长这两年主抓农业建设，多数时间在下边，你应该多写写他。而魏金栓找到程镇长，他就说，你还是写写刘书记吧，他抓全面工作劳心费神不容易。在他们俩相互谦让的时候，魏金栓建议他们两人采取抓阄的方式确定一名人选。就这样，他把这件非常棘手的事儿处理得不显山露水。再后来，魏金栓虽然是一般的通讯专干，但发表歌功颂德的文章比较多，使得柳溪镇的文化宣传工作上了一个新台阶，也因此得到了刘书记的高度重视，被提名为党办主任。这期间，他又为刘书记写了好几篇主抓柳溪镇党建、经济方面的人物通讯，发表在地区党报和省报上，引起了强烈的反响。不久刘书记升任为县委常务副书记，走时顺便把魏金栓带到了县委宣传部做了副部长。

相比于魏金栓，朱力木的确是一个不太"会混"的人。在我们唐家洼村民的眼里，不少人都认为他做事刻板不会变通，认准一条道走到黑，尽管才学毫不逊色于魏金栓。朱力木具有文艺天赋，吹拉弹唱样样精通，还写有一笔潇洒的毛笔字，逢上春节或者是有喜庆的事情，都有人找他写对联，而且他吹的笛子、拉的二胡可谓一绝，还能唱上几嗓子，且唱得有几分专业水平。忙里偷闲，朱力木爱看些古书，一看就看得非常痴迷，像陈景润低头撞到树上的现象他也有过。尽管如此，他在村里人的眼里属于不会混的人，如今人家魏金栓从村里到镇上成了吃"皇粮"的国家干部，可他呢，还是一个农民。但是，朱力木要是听说了这些人的闲言碎语，也只是摇摇头不置一词，还是照常干他的话：农忙了在家务农,农闲了出外打工,北方到过乌鲁木齐、哈尔滨,南方到过福州、深圳。近几年,农村机械化的程度高了,家里的农活都有他的老婆春秀照管,他就常年在深圳打工,偶尔听说他还写些小说什么的在外地发表。

时事多有变迁,想不到魏金栓从县委宣传部副部长又升为组织部部长,一时把持不住,因为买官卖官收受钱财,后遭人举报,除了退赔全部赃款,还被判刑五年。而朱力木呢,村里人听说他在南方深圳走了时运:他开始在工厂里打工,业余时间写小说,竟然弄出了声响,被称为"农民工作家",后来还被一家文学杂志招聘为编辑,听说工资还不低呢。消息传到村里,乡亲们唏嘘不已,想不到还是人家朱力木"会混"哪!

以血还血

县一高的梁燕来自偏远的山村,母亲长年有病,贫困的家境使她发奋努力,成为班里品学兼优的三好学生。倒霉的是,这学期开学不久,她却遇上了麻烦事,班上有个出了名的"捣蛋鬼"叫郑天,死乞白赖地缠上了她,不断写一些肉麻的情书,明里暗里一封封地送。爱面子的梁燕虽然对郑天十分反感,但也不便声张,始终沉默。到后来,郑天看他不回应,一天几番写信轰炸。这样弄烦了,梁燕只好约他到大操场旁边的大杨树下"走走",当面向他郑重表示:"眼下以学习为主,不宜谈情说爱……"郑天见那一封封"甜蜜蜜"的情书丝毫没有打动梁燕的芳心,便想了一个狠

招,趁这天下午课外活动之际,他约梁燕来到围墙外的一个角落,当着她的面冷不防掏出小刀划破右手食指,在一张彩色信纸上写下血书一封,上面只有五个大字"请你嫁给我"。

面善心软的梁燕一下子脸都吓白了,连忙掏出手绢给郑天包扎,还悄悄陪他去医院打了一支破伤风针,哄他回了家。这回郑天不由暗自得意,知道精心策划的苦肉计产生了理想的效果。

两天之后是星期一,郑天满怀希望来到学校,发现梁燕没来上课,问临座同学,得知她因故请假。

第五天,梁燕一瘸一拐地来了,说是帮爹干活摔伤了腿。那雪白的纱布上还渗透着殷红的血迹。

到晚上下了晚自习无人时,郑天走近梁燕关心地问道:"摔得不轻吧?"

谁知梁燕根本不领这份情,说是他爹听说他与郑天有暧昧关系,气不打一处来,回去后将她痛打一顿,右腿也被棍子打破了一道口子,鲜血直流,还一再警告她,若以后不好好学习,再与郑天来往,非要打断她的腿不可。末了,梁燕流着泪说:"你要真喜欢我,就好好学习,争取考上一所好大学,以后我们再谈朋友。"

梁燕这番肺腑之言,对郑天触动不小。自此以后,他发奋努力,两年后,郑天和梁燕分别考上了北京、上海两所名牌师范大学。

奇怪的是,两人直到四年大学毕业,也没有来往。

后来,两人又各自结婚成家。

巧的是,在一次全国教学研讨会上,郑天和梁燕意外重逢,两个人回忆往事感慨万千。就在会议宣布结束的前一天晚上,两人漫步在省城绿荫如盖的马路上,郑天冷不丁地提出了一个很冒昧的请求:想看看梁燕那年被她爹打伤的右腿上的疤。

梁燕犹豫了一下,然后借着明亮的路灯捋起右腿上的裤子。令郑天不解的是,那浑实白皙的腿肚光洁如玉,无丝毫疤痕。

看到郑天脸上的疑惑之色,梁燕淡淡一笑说:"那年我爹根本没有动手打我,他实际上根本也不知道这件事。"

"那你腿上的伤是怎么回事儿?"

梁燕说:"当时,我在绑腿的纱布上涂抹了一些红色的颜料。"

郑天上前紧紧握着梁燕的手,久久无语。

月亮妈妈

林峰在郑州一家外企做高管,连续半年一直忙于公司的业务,逢今年春暖花开之际,老总就特批他半个月假期做短暂休息。

半个月时间能干些什么呢?林峰喜欢旅游,在上大学的时候,利用假期,他骑上自行车去过湖南的张家界,这次何不出去转转?当然,条件好了,不会再骑车浪费时间,第二天,他就乘飞机飞往桂林,去看看那里的自然风光。

到达桂林之后,林峰先去欣赏了叠彩山、七星岩、芦笛岩等景点后,就在次日的上午乘船顺漓江而下去往阳朔。林峰搭游船不时停泊,看了世外桃源、鉴山寺,然后乘车到月亮山的时候,太阳快要落山,他决定就近选择一处农家乐旅店歇息。这家小店紧靠山畔,面对一条河,是一栋起脚翘檐的二层小楼,每间客房的摆设干净整洁、朴素大方,给人一种宾至如归的感受。旅店的主人是

一位三十多岁的少妇,身材娇小、肤色白皙、面相和善,说话温文尔雅。林峰走进门后就说要办理住店手续,女主人说"不忙不忙",随即打了一盆热水端过来让他先洗把脸,这让他心头有一种暖暖的惬意。

选择了一间临河的客房住下来,林峰稍稍休息一会儿,旅店的女主人就喊他吃饭。小餐厅里坐满了房客,大家可以自由同桌就餐,酒是桂林瑶寨竹筒酒,菜是家常菜,搭配了本地的特产:白切鸡、扣肉、凉拌豆腐、皮蛋、椿芽等,外加一碗桂林米粉,令人吃得舒心满意。

晚上,林峰想休整一下,打算在附近转转,就前去询问女主人附近有哪些景点。正好女主人在大堂打扫卫生,他过去礼貌地问道:"老板,我想明天在此多待一天,不知这附近有哪些景点可以一游?"她腼腆一笑,介绍了一些可玩的地方,说罢,补充一句:"我可不是老板啊,真正的老板是我的婆婆。"林峰好奇心强,就追问道:"那我自来后怎么没有见到你的婆婆呀?"她说,她被请去带路看月亮山。林峰问她婆婆多大岁数了,她骄傲地说,婆婆已经是62岁高龄,身体十分硬朗。最让林峰好奇的是,她的婆婆竟然会11种外语,一位出身农家的老太太做导游、说外语,而且竟会11种,真的是奇迹。

出于好奇,林峰没有急于睡觉,而是耐心等待着这位具有传奇色彩的人物的出现。

大约10点后,这位名叫郭妈妈的老婆婆回来了。林峰看到,尽管她62岁,但面容慈祥,说话爽朗,从精神状态上看只有50多岁。从交谈中,林峰了解到,她是这里典型的土著,世世代代都居住于此,对月亮山的一草一木了如指掌。自从20多年前,这里兴起旅游业,她就充当了编外导游,大到阳朔、漓江沿岸风光,小到月亮山,她都如数家珍,烂熟于心。因为经常接待外国人,接触得多了,竟然无师自通学会了英语、德语、法语等11种外语,渐渐名声在外,就连县旅游局有什么接待任务也会找到她。为此,她成了一方名人……

经过郭妈妈的介绍,林峰知道了月亮山的景点和故事,比如蝴蝶泉、鉴山寺、火焰山、八戒晒肚、金猫出洞,等等。第二天,他一个人循踪看景,临走的时候,还交代郭妈妈,他晚上还要回来的。

也许是吃了冷饮,也许是其他原因,到午后时分,林峰突然腹泻,他顾不上再看其他几个景点,早早回到了旅店躺下休息,连晚饭也没吃。

当天晚上,林峰就像梦魇发作,一晚上竟然拉了七八次,搞得昏天黑地。俗话说:好男人经不得几泡稀。再看到他时好似瘦了一大圈。

郭妈妈知道后,推掉了第二天的导游工作,让别人代替,损失一天可是几百元钱的事情啊!她专门乘车去阳朔县城给林峰买药。郭妈妈还嘱咐他不要焦躁,先在这里耐心住一两天,等到病情好转再走。

三天后,林峰彻底康复,在他离开之际,他拉着郭妈妈的手深表谢意,他拿出两千元钱给郭妈妈表示感谢。谁知郭妈妈坚决不收。林峰不解,住店、吃饭付钱天经地义,就拿出其中的一千元交给她。不料老人家却说:"你在我家住宿,得了病,这事我有责任,钱就免了吧,如果你过意不去,欢迎你下次来再住我们的店。"

说实话,二十多岁的林峰在省城生活多年,见惯了许多是是非非,感到现今的世道金钱至上,友情、亲情较为淡漠,而这位郭妈妈却让他见识了一份真情。他冷漠的内心有了些许的触动,他说,明年这个时候还会再来的。林峰背上旅行包走出大门,忽然,他又转回身来,从自己的笔记本上撕下一页纸,龙飞凤舞写下了四个大字:"月亮妈妈"。写罢,含泪而去。

兑　奖

小余和小郑住对门,彼此和睦。

某星期天,小余带妻女逛街,适逢W商场举办有奖销售,便出于好奇,买了一张两元兑奖券。结果却中奖,竟然抬回一台小天鹅洗衣机。

第二个周末,颇为眼馋的郑妻非拉着小郑也要去碰碰运气。这会儿正想摊开稿纸写作的小郑,无奈苦笑,撂下钢笔说:"走走,去寻个刺激。"

走入W商场那喧闹的人群,小郑在妻子的撺掇下也买了奖券,他可惜买了两次都没有中,郑妻就抱怨他太笨。随后,她自告奋勇连买十张奖券,换回的也仅是一盒火柴。两个人只好怀着万分遗憾的心情打道回府。

为什么小余就能有那份福气,而我们就无缘奖品呢?这太不公平了。郑妻思来想去,心里涌满了无限的烦恼,就骂小郑活得太窝囊了。郑妻每每看到余妻面带高深莫测的微笑从面前走过,就气得两排小米牙直咬,而且还暗自发誓,今后再不去她家串门了,甚至见了面也懒得搭腔。

更气人的是,又隔了两个星期,小余竟然又中了奖,这回还推回一辆小巧玲珑的女式自行车。紧接着,小余家更是"捷报频传",隔三岔五地拉回来了电磁炉、冰箱什么的,有一天还拉回一台大彩电,这让郑妻羡慕得不行。再后来,听说余妻干脆让小余辞职不干,专门研究中奖的诀窍,不但在 W 商场,无论全市哪个超市、哪个商场兑奖,他都踊跃参与,不断有奖品搬回家来。

自此,郑妻心里不是滋味,常常对着小郑摔碟子撩碗,不给他好脸色看。小郑心里也十分苦恼,下班后想写点小文章赚点稿费,也始终静不下心来。

不久,小余的家里经常来一些狐朋狗友,吵得四邻不安。

忽然,有一天晚上,小余被一辆警车带走了。

第二天,郑妻见余妻还没有起床,遂起了恻隐之心,忙登门去看望。只见余妻揉着红肿的双眼不断哭诉,说小余死要面子活受罪,借钱购物兑奖,结果债台高筑。到后来没有办法,他只好去诈骗,最终出事了。

没多久,小余因诈骗罪被判刑两年入狱改造。

之后,郑妻念起旧情,经常去余家串门。小郑呢,下班回来仍然挤空写他的"豆腐块",赚点小钱,家里又恢复到了原来的平静。

创　意

刘威是一个宅在家里的自由撰稿人,他感到最近的情绪不太好,写作时老是不在状态,心绪烦闷,思维混乱,就索性放一放,看点书籍。

这天上午,他刚泡了一壶茶,展开某位大师的名作正要欣赏,忽然,有电话打来,他一看是一个陌生的电话号码,就挂掉了,谁知不到半小时,这个号码又打过来了。他有点不耐烦地接起来问道:"喂!你是哪一位?"对方是位女性,非常客气地说:"你是刘老师吧。"他直截了当地说:"不用客气,我就是刘威,你有事就请讲。"

"是这样……"那位女同胞就简明扼要地说了情况,说自己非常仰慕刘老师的大名,为表示有所关联,她还说在一次市文联组织的文学活动中,得到过他的签名,为此就想请教他一些文学方面的问题。一说到这些,刘威自然不能摆着面孔了,就稍微客气地说:"谈不上啊,彼此可以多交流,共同进步呀!"之后,这位自称程舒雅的文学爱好者随便谈了一些当前文坛的焦点问题,之后就挂断了电话。

此后,程舒雅又来过几个电话,叙谈的话题大多就是一些文学方面的事情,比如莫言得奖后的书籍出版热销的新闻;比如北京鲁院招收学员的情况;比如市文联为争主席几个作家弄得反目的内幕,等等,有好多花边新闻刘威是闻所未闻。他身居偏远小县，又是一个与世无争的作家，自然也不想掺和到那些无谓的琐事当中去，所以两耳不闻窗外事，一心专写处事文，如今，程舒雅能说出那么多的有趣轶事，倒是让他很开心。像这样次数多了，程舒雅与他说话似乎也随便些了，有一天，一时兴起，程舒雅问刘威，你想不想额外挣些钱？作为自由撰稿人的刘威，其他方面都无所谓，但是对挣钱却没有丝毫意见，因为他自从顶着压力辞职离开市文联的某杂志社后，就专心写作，靠写文章安身立命，自然对自己靠能力挣到的钱是来者不拒，就十分感兴趣地问道："请问，你有什么好的赚钱门路？要是开工厂、做生意，我可是无能为力。"

　　程舒雅朗朗笑道："要找当然找适合你干的事情呀！"稍后，不等刘威再问下去，她就说了起来。原来，这位程舒雅是市高新区管委会的一位部门科长，主管辖区内的公司申报的手续办理。最近，她有一位过去的同事准备开一家公司，一直为起不到一个好的名字而苦恼，就找到爱好文学的程舒雅请教，可惜程舒雅也没有招数，便想到了在市内小有名气的刘威，因为不知道联系方式，她从查询台找到了刘威的电话号码……这时的刘威就玩笑似的问程舒雅："我给起了名字，你的朋友怎么感谢我？"程舒雅就直言不讳地说："只要你起的名字能让她满意，劳动报酬肯定丰厚。"

　　玩笑归玩笑，刘威毕竟头顶着作家的名号，也不能太势利眼了，就简单询问了她朋友的兴趣、爱好、家庭状况，了解到这位同事是女性，喜欢栽植花木，四十岁左右，有一女儿，对文学也比较喜欢，目前在市东郊买下一处果园，想把这里开发成集果园、园艺、游乐于一体的公司，定位就是既文雅又不脱离大众，逐渐向开放型的方向发展。通过了解，刘威知道她以前也请人起过一个

"绿如蓝园艺有限公司"的名字，只是她还不太满意。

刘威上网一查，果然"绿如蓝"这个名字特别多。既然注册一家公司那就要独树一帜。经过几个小时的思考、查阅资料，刘威根据主人的兴趣爱好和未来的发展状况，起了一个"慧绿缘园艺有限公司"，而且还特意另起了两个名字备用。

把这个名字传给程舒雅，程舒雅再给对方，并且就有关这个词汇做了一番解释后，对方很满意。当下她就告诉程舒雅，将给作家刘威奖金2000元，并且很快就兑现了。

当刘威收到这2000元的报酬后有些惊诧，殊不知，这可是他三四部短篇小说的稿费呀，而付出的也仅仅是一晌时间。

这次的收获对刘威震动很大，他反复思索一番，既然起名能赚到钱，我为什么不能做呢？也许这也是一项不错的行业。很快，刘威研究了市场，在宛城市的人民路开设了一家"作家创意公司"，承揽的业务包括私人起名、公司起名、各种企事业单位起名，兼营广告、婚礼、庆典、开业等策划。

自从刘威的创意公司开业之后，因为以新颖著称，市内各大媒体都做了报道，顾客盈门。加上有了新的生活体验，他的小说也在国内主流刊物遍地开花。如果你有幸去了宛城，说不定还能看到这位作家创意公司的招牌呢，立在人民路上，很醒目。

信

疯子嫁给大勇的时候还能做饭、下地干活。几年后,不能干活的她,经常在村头嘀嘀咕咕。

疯子原是一个军官的老婆,生了两个男孩,可惜军官之后移情别恋,就和在农村的她离婚了。疯子便带着两个儿子嫁给了大勇。大勇三十多岁成家,自然对疯子疼爱有加,很少让她干活。

让大勇不能理解的是,她经常有事无事地念叨肖春——肖春是疯子的前任丈夫。到了冬天,她念叨肖春会不会冻着;到了夏天,她嘀咕,怕肖春会热着,时常会拿出一个手巾包翻看里面的东西,大勇每回凑上去看,都被她死命地藏起。更令人费解的是,她每每在一个人走路的时候会小声说:"兰兰,兰兰。"

再后,她经常失眠不睡觉,游走在村庄的周围,时不时还捡烟头吸。大勇看到她捡烟头,很是难为情,就专门给她买了"帝豪"让她吸。可她把烟藏起来,仍然去捡烟头。时间一长,大勇只好由她去了。

有一天,疯子失踪了。大勇十分着急,花三千元专门去市电视台播放了寻人启事,有人将她送了回来。见了面,大勇问她咋会走失了?她说她去找自己的手巾包。大勇这才想起,一次他找衣服,从枕头处掉下一个手巾包,他顺手把它扔进了抽屉。大勇找到手巾包,哪知疯子接过去捧着这个手巾包激动得直掉泪。晚上,趁疯子不注意,大勇偷偷看了那个手巾包,原来里面包裹着两

页信纸,仔细一看,是早年疯子的前夫给她写的一封信,从这封信中,他才知道,那个负心汉在兰州当官,喜欢吸烟。

大勇一阵揪心地痛。

爱的力量

于晓梅醒来的时候,才发现自己的右腿被一块水泥板压着,她吃力地活动了一下,周身撕心裂肺地疼痛,可是那块水泥板仍是纹丝不动。关于地震的知识她知道一些,不能再无谓地浪费精力,她打算要尽可能地保存体能。

突然,于晓梅听到不远处有呻吟的声音,等她仔细听时,声音又没有了。她屏息静气等待着。忽地,呻吟的声音再次响起,的确是的,刚才绝不是她的幻觉。她有点兴奋,毕竟在这冷酷冰凉的水泥板下,有了同伴,也给了她一点生存的希望。那声音渐渐大了,这时甚至让她警惕起来,仔细听来却是那么熟悉,难道是他——她前不久分手的男友席天海?提起这位前男友,的确让于晓梅很伤心。自从她被招聘到W公司做了推销部的业务副经理后,就认识了财务部的办公室主任席天海,彼此经常打交道,渐渐两人产生了感情,便明确了恋人关系。但是时间不长,席天海的表现却让于晓梅大失所望,眼见着公司里那么多男女恋人在工作之余,相偎相依出门去逛街、去看美国大片,可他呢,整天一心扑在办公室的事务上,时不时还出差到外地讨债催款,这让于晓梅心中很是生疑,难道他不停出差,又遇到了新的目标而移情别恋了？于晓梅一时冲动，决定和席天海分手，还重新换了自己的手机号码。

这天，席天海从外地出差回来，十分不满地找到于晓梅兴师问罪，抱怨她为什么不接他的电话？于晓梅则冷若冰霜地直言相告，说两人的情义已断，希望他今后不要再纠缠于她，说罢，扭头就走，没有一点商量的余地……

此后，他们有两个星期没有联系，虽然都在一个"屋檐下"，却形同路人，只有业务上的事情必须接触时才公事公办地说几句。

这天，老总原本说让她整理一个推销策划方案，可她看到席天海出差从外地回来，在经过她办公室门口的时候，还冲她微微地笑了一下。为此，她毫无来由地决定现在不做策划方案，推到晚上，而是临时找本市的一个客户联系一项业务。正当她在客户的Z公司谈完下楼的时候，突如其来的地震发生了。一阵轰鸣声过后，她就失去了知觉。

也许是出于对席天海的内疚，于晓梅主动找了身边一块水泥块，轻轻敲击了身边的水泥板壁。随后，她就听到了不远处的回响，那是对方对她的回应。然后，她就贸然地呼唤了一声："席天海。"稍后，一阵响动之后就听到了对方的应答，而且还反问道："你是谁？"

于晓梅十分欣喜地说："我是晓梅呀！"对方"哦哦"了两声就无声了。

于晓梅很着急地再一次呼喊，那边"窸窸窣窣"了一阵才吃力地答应了一声。于晓梅就问他怎么样，他说他很好。这下子完全证实，对方的确就是席天海。于晓梅就问他，刚才为啥不说话呢，他说，刚才自己在包扎伤口。

通过估算，于晓梅感到他们的距离并不远，她就竭力活动，把腿部的水泥板慢慢挪开，然后认准方位掏去面前的砖块、水泥垃圾。经历数个小时的努力，他们的距离不断拉近，甚至后来在通往席天海的位置掏出了一个圆形的大洞，她用手探过去，还是够不着，她就继续掏。不知道经历了多长时间，在于晓梅的鼓励下，席天海也在那一边扒拉，终于两个人的手可以拉在一起了。但于晓梅分明感到席天海的手在颤抖，他的伤势不用说肯定很重。于晓梅就鼓励他给自己哼唱一首歌，席天海说自己没有力气，于晓梅就说，那我来给你讲故事吧。她讲了外国童话《七个小矮人和白雪公主》、《海的女儿》，还讲了许多忽然间想到的故事。于晓梅从没有感到自己还有讲故事的才能，而且说得最多的是她不该太任性，等到有幸出去后，她一定要补偿他。而此刻席天海就断断续续地说，正是他听推销部的同事说她来到Z公司，他才找来与她商议策划方案的事情……

之后的时间里，于晓梅不断地鼓励席天海，他们一定能等到救援的人员到来，她还讲他们以后将重归于好甚至结婚的情景，进而为要一个孩子还是两个孩子让席天海谈谈看法……总之，他们对未来充满了希望。

五天五夜之后，在Z公司坍塌大楼的下边，人们找到了昏迷中的席天海和于晓梅。令人称奇的是，席天海的两条腿都被砸骨折，身边流了大摊的鲜血，而于晓梅始终与席天海手拉着手。如果按照常理，五天五夜不吃不喝，又是在极度的环境下生存，能生还的希望极其渺茫，可他们却奇迹般地活了下来。好多人都唏嘘赞叹，说这是爱的力量。

傻帽老于

老于长相奇丑,双眼细小,口扁如鲶鱼嘴,两耳薄如白纸,葱头鼻子歪歪斜斜地长着,一看就是福薄命浅之人。

这老于脸丑且性情古怪,年轻时因家贫与女人无缘。老于45岁那年,村里来了一位湖北妇女,带着一个脏兮兮的小孩。听说她的丈夫去世,一路上讨饭来到了豫南。村里有好事之人从中说合,将这女人与老于捏合成了一家。可惜,那女人与老于成家后,整天愁眉不展、唉声叹气。老于问她为何这样,她则说,家中还有一个大女儿,不知眼下生活怎么样了。老于就说,你不用这样熬煎了,我给你些盘缠,你回去一趟,如果咱们有缘分,你就带上孩子再过来;要是没有缘分,咱就各奔东西。女人说,中。之后老于将他们母子送上车,只是这女人一去再也没有回来。

村里人都说老于真愚笨,是个傻帽,要是旁人拦还来不及呢,他却把到手的女人亲自送走,连个媳妇也留不住。

这样一来,老于的愚,加上丑,就连他的近门叔伯侄子也不愿与他来往。

自此,身单力薄的老于心情郁闷,人前更加少言寡语,后来干脆也不干农活了,而是一个人拉了一辆架子车四乡游走,以收捡破烂为生。

有一回,他拉了架子车转至柳溪镇街头,看到一位断了双腿的残疾人。据说此人的双腿是修水库的时候被砸伤的,眼下虽然

老林听说后二话不说,回到学校给当时的校长汇报了,并在整个校园倡议捐款。两天后,他亲自把所有的一千多元捐款送到了蒋志海的爹的床头。随后他还帮助蒋志海家走出困境,终于使他没有辍学……今天蒋志海重提旧事,老林方才想起。如今在这个县城里意外相遇,真是缘分,他们可是有十多年没有见过面呀。

两个人在街头回忆起了过去那段难忘的岁月,还提起谁谁在做什么,回想了一阵,蒋志海非要请老林到附近的餐馆里吃一顿不可。老林忙招了招手说:"以后还有机会,今儿个就不必破费了。"哪想到,蒋志海拍拍胸脯表示,这几个钱他是花得起的。原来,蒋志海初中毕业之后就上了县城的高中,再后来与老林失去了联系。他高中毕业考上了一所名牌大学,四年高校毕业就留在了省城,现在是一家高科技私营企业的老总,资产过千万。

耐不住蒋志海的盛情邀请,老林随他去了一家餐馆小酌。当蒋志海听说老林目前还住在一套十多年前的二手房内时,就大方慷慨地说,等一年后退休,就去他的公司上班,拿一份清闲的工资。他说一定要报答林老师的知遇之恩,老林就含混地应答,等以后再说吧。

果然,这次分手后,蒋志海一次次地与老林打电话联系,希望他提前办理退休手续,尽快去他省城的公司上班,也算给他一个报答的机会。

两年后,老林退休了,可惜出乎蒋志海意料的是,他竟然没有前去省城,而是到本县最偏僻的一个小山村里发挥余热,义务支教。当蒋志海听说后,亲自找到他,十二分不理解地嗔怪道:"林老师,你怎么能这样呢?我可是诚心诚意地想报答你的。"而老林回复道:"当年我帮助你也是出于自愿,根本没有考虑到让你报答我呀!"蒋志海看一时难以说清,就真诚地劝解他再好好想想,回头与他联系,说罢,坐上宝马车走了。

之后,蒋志海再来电话,老林一概不接,他渴望在这个偏远的山区小学享受一份晚年的清静和快乐。

修　路

在镇上开小商店的郑平,一天回村时向乡邻们郑重宣布,最近,他打算拿出这5年来积攒的8万元钱,修一条出山的路,而且还保证,所有愿帮助干活的父老乡亲,妇女每人每天10元,男劳力12元。

虽然郑平实心实意,但是湾子里响应者寥寥,因为大家都持怀疑态度。核桃洼距镇上5公里,要趟一条河翻三座山,祖祖辈辈的湾里人,去一趟镇上要绕道10多里山路,进出东西都靠肩挑、手提、毛驴驮,他郑平辛辛苦苦干了5年,忍心一下子把钱甩到这上头吗?他到底图个啥呢?好多人抱着满腹疑虑委托德高望重的郑平近亲三伯去问个究竟。谁知郑平回答得很爽快:俺郑平啥都不图,只盼着乡亲们早日致富。

开始几天,郑平挨门去找人,乡邻大多推说家里有事走不开,与他关系好的人反而劝说他甭干这"劳民伤财"的傻事儿。郑平看请不来人,就动员本家几位叔伯弟兄和岳父、大舅等亲戚前来帮忙。可是,这样人手还不够,他又从山外招工。妻子也找了一个可靠的人照顾镇上的生意,自己每天顿顿做饭送到核桃洼工地。

两个月过去了，桥修成，路畅通，虽然路面不算宽，但能并行两辆汽车。可令人费解的是，那些没有参与修路的湾里人却不走这条路，去镇上时总是舍近求远走小路。郑平问其因，有个外号"弯弯绕"的张大财就答非所问地说："你修这路不收费吗？"郑平回答："修路是为了大家方便，收啥费呀？"张大财又说："眼下讲的是市场经济，修高速公路还专门设立收费站收费，你能干这赔本买卖？"郑平又说，他出于自愿，不讲赔赚。

之后，湾里人不再说啥了，开始试着走这条路。

忽一日，县报听说郑平自费修路的事情，派记者专程前来采访，很快宣传出去，紧接着省、市报纸，电视台就郑平义务修路的事儿做了专题报道。不久，镇、县人大还补选郑平为人大代表。

再后来，湾里的张大财去街上见了郑平，取笑说："好哇，郑平，原来你修路是想出名啊！"

郑平听了这话，说自己修路真不是为了出名。不料张大财拍着他的肩膀"嗯"了一声，说："郑平，你是有头脑的人，不愧是做生意的料啊！"郑平只是苦笑，不再吱声，忙他的活儿去了。

从此以后，像张大财那些没有参与修路的湾里人，便理直气壮地走上这条由郑平出资修好的小公路，走过水泥桥，走出了山外。

承　诺

这天晚上，夏祥勇终于向妻子梅丽颖摊牌了，他将一份早已写好的离婚协议书放在了她的面前，并承诺，只要八岁的儿子跟他，其他的包括房子、轿车和一部分存款都是她的。

梅丽颖拿起了那份离婚协议书仔细看了看，竟然抬起头笑着说："你说这话可是真的？"

夏祥勇坚定地点了点头。

沉吟多时，梅丽颖感到他确实心意已决，将那份离婚协议书缓缓放到桌上，说："如果你确实考虑好了，我可以成全你。不过，儿子自然跟了你，其他的东西我都可以不要。"

夏祥勇有点不理解，因为在这之前他一直在想，是自己首先提出来的，梅丽颖肯定会狮子大开口，提出更为苛刻的要求，比如两幢别墅，她都会要，甚至会要更多的银行存款。可眼下她啥都不要，那才更让人不理解呢。所以他用疑惑的目光望着她，意思就是说：你啥都不要，肯定会再提什么额外的条件。梅丽颖似乎从夏祥勇的眸子里读出了一些内容，就说，自己有一份教师的工作，完全可以养活自己。再说二人夫妻一场，也没有必要弄得反目成仇。

可是夏祥勇心里有点不明白，毕竟梅丽颖与他生活了八九年，从不太富裕的家庭走到了如今出有车、食有鱼、居有别墅的日子，从内心深处来说，他应该给她一些适当的补偿。等了好长时间，他向梅丽颖诚恳表示：提出一个条件，无论如何他都会答应。

梅丽颖稍微想了想，说："你如果一定要让我提的话，最近的两个星期里，你每天三餐一定要在家吃饭，我会拿出最好的手艺为你做，而且，在每天早饭后我上班的时候，你要将我从卧室抱出大门，要是你能保证这样，两个星期后我就会在离婚协议书上爽快签字。"

夏祥勇思索了一下，感到有点不太妥当，就说，是不是再换一种方式？可梅丽颖有点不愿意了，她说，你刚才还答应说什么样

的条件都可以,再说,我提出的要求并不高,当年我们一起从大学毕业,你呢,生在农村,我并没有嫌弃你,而是说服了嫌你家贫的父母亲,这样我们才走到了一起。知道你家庭条件差,我们结婚一切从简,场面并不铺张。但是当年结婚的时候,是你从婚车上将我抱进洞房的,如今你厌倦了我,自然应该将我再抱出这间房子,你看我的这个要求不高吧?

听到梅丽颖把话说到这种地步,夏祥勇倒是无法推辞了,只好答应下来。

第二天早上,夏祥勇有点不情愿地按照约定,把梅丽颖从卧室里抱起来,在走出房间的时候,他无意之中扫了她一眼,感到她这样要挟他,总觉得有几分厌恶。

第三天、第四天还是如此。

在到第六天的时候,正好儿子也在面前,看到了这一幕,就说,从没有看到爸爸抱妈妈啊,而且儿子还拍着手,不住刮着脸说"羞羞羞"。一见这样的情形,夏祥勇真的有点难为情。当送她出门后,他再一次说,以后换一种方式好吗?而梅丽颖则态度非常坚决地让他一定这样做,因为在第一晚的新婚之夜,夏祥勇曾经告诉梅丽颖,他会永远守候着她的。谁知只有九年时间,他就移情别恋了!

几年来,无论什么事情大多是夏祥勇说了算,贤惠乖巧的梅丽颖总是依着他。想想到了如今要离婚的地步,他怎么有理由不满足她呢?

到了最后一个早上的时候,夏祥勇抱着梅丽颖,无意中看到她眼角的皱纹,有几分不忍,这几年里,他一直在生意场上周旋,曾经几次让妻子梅丽颖辞掉教师的工作,都被她婉言拒绝了,她说,还是保留一个自己生活的空间吧。之后,家中都由梅丽颖来料理,要不是她的支持,自己的事业能有今天如日中天的局面吗？最让夏祥勇刻骨铭心的是,当她在生儿子的时候,那个不眠之夜里,他徘徊在产房外,听着妻子一声声痛彻心扉的叫喊,他才真正感受到一个女人的不易,他曾经暗暗发誓,等回到家里后,他一定会加倍地对她好……想不到,自从遇上了吴雅,他竟被她所迷,而且还拿出自己的私房钱为她租了房、买了车。就这样,吴雅还不满足,稍有不顺就给他耍性子、闹情绪……这会儿,他的心灵深处有了一丝触动,没有将梅丽颖抱到门口,忽然又把她抱了回来。放到了床上后,他有点动情地说:"丽颖,我们和好吧!"

此时的梅丽颖已是泪流满面。

比赛来信

省艺校舞蹈系二年级学生田梦,是个调皮、乐观、清纯的小女孩,同宿舍四位同学中,晶晶、贝贝和她一样,也是活泼好动,喜唱爱跳,唯有来自伏牛山的方瑶,整日少言寡语,性格内向,连走路也是轻轻地无声无息。另外,她还不爱吃零食,每每田梦的爸爸寄来家乡特产麻酥饼、晶晶的妈妈捎来了哈密瓜、奶糖,贝贝从街上买来了菠萝、荔枝,很客气地让她尝尝,她总是摆摆手说不喜欢吃。

最有意思的是,新学期开始,由田梦提议在全宿舍四个人中开展亲友来信比赛,如果谁能获得第一,将可得到由晶晶赞助提供的美白洗面奶一瓶。之后的四个星期,田梦收到了爸爸、舅舅、

表姐以及香港伯伯等的来信 13 封,晶晶 8 封,贝贝是 7 封,而方瑶却一封也没有收到。那是个午后,数完信得了奖的田梦和晶晶、贝贝吃着水果、嚼着奶糖,嘻嘻取笑着问方瑶:"是不是你的家里人和亲友工作都很忙,不然咋会连一封信也不来呢?"

这时的方瑶脸色很难看,他瞪了一眼田梦,随后,"腾"地歪倒在床上,大睁着两只眼不吱声。

不久,田梦发现方瑶有事无事常常去传达室,而每一回都是失望而归,田梦觉得心里不是滋味。

半个月过去,突然有一天,方瑶飞快地跑进宿舍,一脸兴奋地右手举着一封信,高声叫道:"我也有来信了。"那一会儿,田梦和晶晶、贝贝都拥过去,看到她的眼眶里有些湿润。信是她初中时的一位同学寄来的,很短,寥寥几行,仅有一页信纸。

那几天,方瑶课外没事就津津有味地捧读这封来信,有时半夜偷偷起来,还打着手电再重温一遍由书信给她带来的喜悦和快慰。

方瑶的脸色似乎比以前晴朗了,话也多了,在一次倾心交谈中,田梦了解到方瑶是个很不幸的女孩:在她 12 岁时,父亲因一场车祸离开人世,母亲不久带弟弟改嫁,是奶奶和单身的大伯抚养她成人,并且东拼西凑和高利借贷 8000 元让她上了这所艺校。为此,奶奶和大伯除料理好有限的责任田,还要养羊、喂猪、上山砍柴,来挣钱还债并供养她上学……

知道了方瑶的身世,田梦极为同情,很快打电话让爸爸寄钱来接济她。可几次给她,方瑶这个倔强而有个性的女孩始终不收,她说:"田梦,我感谢你对我的关心,但这钱我不能收,我要靠自己勤工俭学来完成学业。"

几天后,刚好是个星期日的晚上,方瑶从校外饭馆洗碗回来,筋疲力尽地走进宿舍门,蓦然间,电灯被拉灭了,随后,在一个纸箱盖上，晶晶点亮了一个大蛋糕上的18支蜡烛，接着田梦、晶晶、贝贝同时喊出："祝你生日快乐！"

方瑶恍然大悟，她异常激动，连连说道："谢谢你们，谢谢。"随后噙着泪又说："想不到连我狠心的妈妈忘掉的生日，你们还记着。"

大家分别又说了一些祝愿的话后，坐下来。方瑶长叹一声，顿了顿说："不怕你们笑话，其实你们以前看到的那封来信也是我写信恳请同学给我写的。"

沉默了好一会儿，田梦缓缓地端起面前的饮料杯，站起身来说道："让我代表晶晶和贝贝向你说声对不起，我们不该刺伤了你的心。"

四个人站起来，在摇曳的烛光中碰杯。

母爱的温暖

爹死得早，妈带着我省吃俭用，靠喂猪、喂羊、种地，才勉强供我在省城读完了四年大学。可惜毕业这段时间工作难找，我从网上发了好多个人资料和应聘书，还跑了省城不少人才交流市场，可惜始终没有找到工作。我只好和一位同学在省城租了一间房子住下来，做好了长期找工作的打算。

我一方面靠做家教、在建筑工地干小工勉强维持目前的生活，一方面有空就去找工作。因为开销大，几个月的时间，我已经借了朋友不少钱，眼看着再下去就到了山穷水尽的地步，这时候

妈从老家打来了电话,问我在干啥?我装出十分高兴的样子说,自己已经找好了工作,在一家公司上班,每月工资一千多元,一切都好,让她老人家放心。妈就喃喃说道:"小寒,你总说让我放心,我能放心吗?你好长时间也不给我信儿,我急呀!"到了这时候,我就好言安慰妈妈一番,然后,忙推说要上班去了,很快挂断了电话。

这件事情过去没有几天,与我同住的小谢,因为老家有亲友为他找好了工作,简单和我吃了一顿告别饭后,第二天就乘车回了老家所在的城市,不用说,以后的房租、水电费都要由我一人承担了。这时候,我做家教的那个孩子要上一年级,去住校了,我就又失去了一份工作。怎么办?妈又打来了电话说,我如果在省城不顺遂就回来算了。我再三保证说没有问题,上了几年大学,我在省城找一份工作,等以后买了房子、娶了媳妇,接妈来好好享几年清福。

妈"哦"了一声就挂了电话。

那一段时间,我在一家私人小超市做导购,老板很苛刻,每天辛辛苦苦工作十多个小时,到了月底,他还鸡蛋里挑骨头,扣发员工的加班费等。一次,我见了老板,忍不住对超市一些缺斤短两糊弄顾客的现象提出了个人整改的意见和看法,哪料老板听完后,不但不领情,还用那不容置疑的口气告诫我:"姓杨的,你真是圣人蛋,闲吃萝卜淡操心,好好把你的事情做好就行了。"听完老板这不讲情理的话后,我扭头走了,路上小声嘟囔了几句,谁知被老板听见了,他当下把我叫回来破口大骂:"你是萝卜地的葱——充人呢?挣钱不多管事儿不少,是不是不想干啦?四只脚的藏獒不好找,但是两条腿的人多得是,你真要不想干,马上就给我走人。"看到老板的嘴脸,当时我也来气了,不顾朋友的劝阻,宁可半个月工资不要,当下回到宿舍收拾好行李,马上离开了这家超市。

　　回到租住房,我蒙头大睡。没有了工作,我将怎样面对今后的生活呢?这时候,正好妈打来了电话,问我在干什么,我强打精神说上班刚回来,正在休息呢。

　　妈说,你是不是遇上啥难事了?我说没有啊。妈说,你不用骗我了,我说,怎么可能呢。妈说,我不号脉就知道你得的啥病,你现在是死要面子活受罪。随后,妈就讲了她心里的疑问:在我上大学走之前,我曾向妈许下心愿,等到大学毕了业找到工作,第一件事就是拿出第一个月的工资,给妈妈买一条皮裤,让她老人家祛风、除湿、保暖。早些年,爸爸这个顶梁柱"倒下"去了,妈只好一个人承担起了这个家的重任。只是她为了将我带大,任劳任怨、不辞劳苦地忙碌在责任田里,经常是雨天下田插秧,日积月累患了老寒腿,经常到了晚上疼痛难忍。可是,今年我真的毕了业,却没有照自己说的那样给妈妈买。因为妈妈知道,我是一个言必行行必果的人,只要没有给她买皮裤,就说明我工作肯定不顺遂,有不能言说的困难。解释到这里,妈妈说:"儿啊,回来吧,前几天咱县里在电视台公开招村干部,你的条件正好符合,我就让你二叔给你报了名,再过几天就要考试了,你就抓紧回来吧!一个人只要有志气,在哪里都可以生存的,摔倒了再爬起来,也许能锻炼你的能力和胆量呢,哪个人一生不遭点灾星受点磨难……"

　　听妈说到这里,我的情绪有点激动,世上的人只有经历过挫折和艰难,才会真切地理解母爱的温暖。回想我这么多天来,一个人在省城孤军奋战的经历,有了难处只能打掉牙咽进肚里。这时的我"嗯"了一声说:"妈,我想你,明天我就回去——"说到这里我声音哽咽,眼泪止不住地淌了下来……

索 酬

二旺真走运,上头来了个摄制组到柳溪河拍电影,他被那个挂着口哨、佩戴墨镜的李导演叫去,到河边搬了几趟道具箱,便得了20元钱。二旺觉得新鲜,拿着钱向分家另过的哥哥报喜。大旺先是一惊,尔后眼睛瞪得大大的,说:"二旺,你咋不向他们多要几个钱呢?那些人可有的是钱,动动摊儿就是几十万、几百万的。"大旺常出门做生意,格外精明。可二旺没出多少力就得来了20元钱,他认为这不少了,人不能太贪。

过了一天,村里下任务分段包干修渠清淤,可大旺要去武汉进货拿回来卖,不巧爱人这几天又有事,就交代二旺把分给他的那份工代干了。两家几天工,搁不住身强力壮的二旺干,只用了两天时间就提前完成任务。

三天后,大旺从武汉回来,二旺见到他,就客客气气地说:"哥,我替你干的那两天出工费咱算算吧!"

大旺皱了皱眉头,有点不理解:"那活你不是都完成了吗?"

"对呀。可这工钱你该付给我呀!"二旺理直气壮地说。

看到二旺煞有介事的样子,令大旺很生气,他噘嘴瞪眼愣了半天,才气呼呼地说:"咱一奶同胞,也该有点兄弟之情吧,你咋还给我来这一手?!"

二旺手一摆,大咧咧地解释道:"哥,有话慢慢说,别激动。你知道,现在是商品经济社会,你出去这几天挣的钱远远比我在家挖渠清淤要多,就是出几个钱也伤不了啥脾胃。"

大旺对答不上,只好点了几张钞票摔给他,嘴里还嘟哝道:"真是见钱眼开啊!"

听大旺说这话,二旺当然心里不舒服了,他昂着头挺着胸接过票子一数,诡秘一笑:"咋啦?这叫公平竞争,消停买卖。自从分家这两年来,你没有为咱妈买过一分钱的东西,这点小意思权当你孝敬她老人家了,现在我就去村头小卖部为咱妈买一箱'六个核桃'。"说罢,他嘻嘻一笑,一溜烟地跑了,留下脸色红一阵白一阵的大旺,半天没有缓过神来。

眼　光

前不久,县收藏协会一位专家到胡家庄,看了胡大成家中收藏的一个瓷瓶后连连称道,说这东西很值钱,至于值多少钱,他拍了张照片准备带回去,说经过鉴定才能最终确定。

胡大成的老婆在村中见人就夸,说她的老伴真有眼光。

不过,以前的胡大妈可不是这样,每一回看到茶几上摆放的这个瓷瓶就生气,说胡大成简直就是一个窝囊废、"二百五",竟然狗屁不通、香臭不分,一点眼光都没有。

这事还得从头说起。那是新中国成立初期土改的时候,村里财主的东西都分得差不多了,还剩下一头毛驴和一个蓝色的瓷瓶。当时胡大成是贫协委员,姿态高,无论房子或是家具、浮财等都是尽着乡亲们挑选。到了最后,村主任就说,大成的姿态高,也

不能总吃亏呀，就征求了大多数人的意见，说眼下剩下这两件东西，打算把它们分给姿态高的胡大成和比较贫困的王小三两家，优先让胡大成挑一件。

胡大妈跟着胡大成也来了，她暗示胡大成要毛驴，因为那年月，一头毛驴就值半个家当啊。可是胡大成不听胡大妈的劝说，只选了那个瓷瓶，说王小三家孩子多、坠子大，自己是贫协委员，大小是个官，应该让着别人。当时在场的乡亲们都拍手叫好。

等到回了家，胡大妈与胡大成怄上了气，骂他放着毛驴不要，没有一点眼光，八成脑子有问题。理亏的胡大成笑了笑，任她去骂，也没有与她一般见识。

但令人想不到的是，时隔几十年后，这瓷瓶却值钱了。

没有几天，县里的那位专家带了几个人，仔细看了胡大成家中的这个瓷瓶，其中有一位年龄稍长的老先生用放大镜看了一遍又一遍后，郑重地宣布说：这是一只蓝色三彩，价值连城。胡大妈拿到手里看了几遍，也没有感到它究竟贵重在哪里，就不解地望着老先生说："这个彩瓶真的恁值钱吗？"

那位老先生解释道："是的，这个彩瓶的确是一个宝瓶，现在市场上已经极为稀少。眼下在文物界有这样一句行话：三彩带蓝，价值连连。所以说，这个彩瓶很值钱。"听说能值钱，胡大妈忍不住向大家说了这个彩瓶当年的那段"挑选"经历，末了说道："当年不值一头毛驴钱的瓶子，老头子不要毛驴要瓶子，为这我埋怨了他半辈子，想不到现在又时来运转了。"老先生说："好啊，现在让你们大赚一把吧，我可以给你们一节火车皮的毛驴钱，怎么样啊？"

胡大妈如在梦中，似信非信地问道："这一火车皮的毛驴钱是多少啊？"

老先生伸出了五根手指晃了晃,看胡大妈还是不理解,他就大声说道:"可以给你们50万元,知道吗?可以顶你们家两辈子的收入了。"

这一说,胡大妈乐得嘴也合不拢了。

两天后,生意成交,胡大成如数得到了50万元,他征得全家的同意,将这笔钱全部捐给村委盖了一座教学楼。在教学楼建成那天,胡大成作为"尊师重教"的模范,亲自握着县长的手上了电视,着实风光了一把。

这件事在电视台播放后,胡大妈见人就说:"看看,俺老胡真有眼光啊!"

被通缉的江小西

江小西作为犯罪嫌疑人被网上通缉,通缉方是他所在的县公安局。

江小西不知道自己犯了啥事。高考落榜回到家里,他沉沦了半年后,去省城打工,做事认真,为人低调,从未做过违法乱纪的事情。

为躲避一时,当晚他任何人也没有告诉,就悄悄离开了职工宿舍。

第二天,他去K市找到一位过去要好的老乡说明情况。胆小怕事的老乡给了他100元钱后,将他"推"出门去。不得已,他又去距家10多里的一位表姐家,表姐也不敢收留他,让他另讨

方便。

东躲西藏了3天,江小西冒着风险给县公安局打了一个电话,说他就是江小西,问公安局,他有啥事会被他们通缉?

对方查了一下,说他有盗窃嫌疑,目前已经造成严重影响,敦促他尽快投案自首,争取从宽处理。公安局的人这样一说,让他如坠云雾,偷盗拐骗他从不染指,想来想去,江小西猛然想起这样一件事,半个月前,他春节时回老家听村里人说,村主任挪用国家下发的粮农补贴和村民上缴的水利费。回到工厂后,他一时心血来潮,在网上用自己的网名发了一个帖子曝了光,难道这能算他的错吗?

此时的江小西一不做二不休,干脆又去了网吧,在那个网站用实名制发了帖子,并且说明了事情的真相……

三个小时后,他再次上网,点击率已经超过了十万。

有了网友的支持,他决定回去澄清这件事情。

忐忑不安的江小西到了县公安局如实说明了情况,接待他的警察认真听取了他的解释,方知这是一场误会。原来,江小西的身份证回老家时丢了,一个年轻人捡到后,在偷窃的时候,将这张身份证掉在了现场,公安局就以此在网上通缉,闹出一场笑话……

此事说清后,对江小西的通缉撤销,公安部门还特意向他表示道歉。意外收获的是,上级有关部门得知江小西在网上所发帖子后进行调查,并将那村主任就地免职,而江小西一时间成了网上红人。现在网上流行的"江小西快回来,村主任等着你呢",说的就是他。

古　董

经过一番努力,我终于考上了北京一所名牌大学。临离家的头一天晚上,妈从一个旧立柜的底层取出来了一对金狮子和两只银手镯,说卖了一对金锁凑齐了学费,剩余这些打算供我上完四年大学。

妈妈的娘家奶奶出生富家,据说早年给过妈妈一些古董货。爹走得早,妈将我和姐拉大,早盼我鱼跃龙门。

上学后,妈定期给我寄来钱,并多次写信嘱咐我好好念书,不要牵挂家里,这使我在校该省钱的地方没省,该做家教却没做,养成了乱花钱的毛病。

大学第三年时,一天突然接到姐的电话,说妈妈患了极端障碍性贫血。我匆匆赶回去,看到妈妈已是皮包骨头,生命垂危。跪在妈妈的床头,我抱怨姐姐为啥不早告诉我。姐哑着声说:"自你上学的头一年咱妈就得病了,可她不让我告诉你呀!怕影响你学习。"

半个月后,妈妈还是走了。在处理遗物时,从一件棉袄衣兜里,我意外发现了一叠写有妈妈名字的卖血证明书。既然有那些金狮子、银手镯,妈妈还犯得着去卖血?难不成是出嫁后的姐姐独吞了这些东西,使妈妈走上了这条卖血的绝路?我把姐姐叫到面前厉声质问,那些古董到哪去了,这到底是怎么回事?

只见姐姐满含热泪说道:"咱妈哪有什么金锁、金狮子、银手

镯,那都是一些上了金饰银粉的假货,不值钱的,为了不使你分心就瞒着你,就连她一直卖血也是在最后得了病才告诉我的。"

捧着一叠妈妈卖血的证明书,我泣不成声,泪流满面。

红与青

红与青是姐妹俩。

姐妹俩脾气不同,性格迥异。红说话高腔大嗓,一天到晚喜欢到田地里干活,开手扶拖拉机犁田耙地毫不含糊。青则不同,走路轻慢,说话斯文,爱帮助妈妈干些洗衣、做饭、喂猪的家务活儿。

红有个习惯,说话粗里粗气,比如见了五嫂赶集回来,她一顿数落:"五嫂,上街去也不喊一声。"见了小兰买回来一件时髦衣裳,嫉妒得要命:"穿上了新衣服,好亮好美呀!"有一回,村里的赵栓从南方打工回来了,她看见后,扯起那高嗓门叫道:"哇!你这黄头发样式好酷哇!出去几天哪,这穿戴打扮可牛起来啦!"

本来同学之间,说话自然放肆随便惯了,赵栓就酸酸地激她:"你想不想时髦一把?"

"想。"红故意瞪着渴望的眼神。

"那好,下回我给你捎回一套时装。"

"要不要钱?"

"看在老同学的面子上,权当我送给你的。"

"那我不要了。"

"为啥?"

"这还不明白,你那钱都穿在牛筋上的,若真不要钱,怕是你别有用心吧?"

"那我想办法一定让你收下。"赵栓挤眉弄眼说笑着走了。

这年红24岁,青22岁,都到了谈婚论嫁的年龄。媒人上门提亲,红搪塞说,我已有主了。媒人是本村的王二婶,就问是谁。红就说,谁给我买来时髦衣裳我就跟谁。妈在一旁瞪着眼说:你真是个疯丫头片子,说话没高低。

看红婉拒了,妈就让给青提提。谁知给青说了几遍,青才幽幽地说:"大麦没够头,还能轮着俺小麦呢?"

青这一说,媒人和妈都无话说了。

又一年冬天,从南方打工回来的赵栓,真的给红买回一套很漂亮的时髦衣裳。红问多少钱?赵栓说不要钱。红说,不要钱俺不要。赵栓说,你随便给几个算了。红说,我办事从来不随便,衣裳你拿走。

赵栓说,你是不是嫌这衣裳料子差?

红说,衣裳好坏俺都不在乎,俗话说,论吃应该是家常饭,论穿还是粗布衣,穿在身上心安、踏实。

赵栓讨了个没趣,拿上衣裳快快地走了。

可是,到了晚上,赵栓却把这件衣裳给了青。

过罢春节没几天,赵栓又打工去了。

第二天,青只留了一张纸条,也不辞而别。

妈流着泪担忧地说,青从没出过门,这回说走就走了。

红安慰妈妈,她一个大活人,难道还会丢了吗?

三个月后,青来了信,说她是跟着赵栓一起走的。赵栓在那座城市开了个洗脚店,生意很红火。青让红再在村里找几个小姐

妹一起去,千万不要在那个穷山沟里瞎混下去了。

红看完后,把那封信撕了。

跳　楼

丁若南与孙燕相恋一年多了,突然遭到了孙燕爸爸孙科长的反对。孙燕听烦了爸爸不断的唠叨,便不辞而别去了海南。为此,失意的丁若南今天登上了八层高的办公楼的顶端,决定跳楼自杀,结束自己短暂的生命。

楼下的同事发现了丁若南的意图之后,忙打110报警,并打电话通知他的母亲火速赶来。不一会儿警车鸣笛赶到,一群警察急忙在下面铺开了软垫。一位警官拿着喇叭一遍遍呼叫:"小丁,你还年轻,千万不能干傻事……"很快,他那担任中学教师的母亲也赶来了。母亲望着楼顶上的儿子,一下子扑在坚硬的地面上大声呼唤道:"小南,我含辛茹苦可都是为了你,你可不能撇下我不管啊!"

这时,他的两个同事悄悄地爬上楼顶,想从后边拽住他。可是,完全失去理智的丁若南挥舞着菜刀嘶喊着又将他们赶下楼去。

双方处于僵持状态。

在警官的劝说下,丁若南的母亲从地上站起来,她擦去腮边的泪水,接过喇叭颤声说道:"小南,在你没有死之前听我把话说完……"

"我不听,我不听。"丁若南在八层楼顶上声嘶力竭地叫道:"我和孙燕是多么好的一对呀!孙科长这个王八蛋反对,可你也是一千遍地阻拦,就是你们把我逼上了绝路的。"

"不,你错了。孙燕与你绝对不能成为一家人。"妈妈凄婉地说道。"现在说什么都晚了,我真的不想活了。"丁若南边说边向楼边走去。"孩子,世上有千千万万的好姑娘,你选哪个不中?""不,我就只娶孙燕。"丁若南做好欲跳下来的样子。下面一片惊呼。

"小南。"妈妈用尽平生力气呼喊道,"你听清楚了,我最后一遍向你郑重说明,孙科长他……他是你的亲爸爸呀!"

"什么?妈,你是疯啦?!怎能这样说话。"丁若南瞪着血红的眼睛向下张望:"我不信,是你骗我。"

"是真的,"妈妈在一位警官的搀扶下站直身子说道,"20多年来我一直瞒着你,今天,当这么多人,我需要多么大的勇气向你挑明……小南,那些往事你想听吗?"

"妈。"丁若南哭嚎着跪在了楼顶。

红色舞衣

光与明毕业于同一所艺校,一同招聘到某歌舞团,又一起搭档演双人舞。

这是在南方某市的一场巡回演出,晚上6点半,距开演还有半个钟头,其他演职员都准备上场了,留下光还在懒洋洋地梳理着头发。明几次催促,光显得不耐烦地说:"老套子的舞有啥准备的?"后来,导演派人喊,他才磨磨蹭蹭离开了房间。可到了后台,光才发现红色舞衣忘在了旅馆里。正好导演过来催场,光怕导演怪罪,一时计上心来,推说走得仓促,让明带上舞衣,谁知他却忘记拿了。当时,老实厚道的明虽觉唐突,也只得点点头替人受过。导演就狠狠批评了明,并让他赶快去旅馆取回舞衣。

时间只有10多分钟,等明匆匆忙忙取回舞衣赶回来还是误场了,只得临时调换了别的节目。为此,明被扣发了一个月的奖金。

按说事后光应该诚恳地向明道歉,但生于省城、优越感很强的光并未把明放在眼里,仅仅轻描淡写地说一声就完事了。光和明仍随歌舞团一场场地巡回演出,如水的日子仍向前流淌。

春去秋来,歌舞团回省城休整放假半个月。

明的老家在伏牛山区,他匆匆踏上了探望双亲的征途。

假期到了,明未回团。

20天后,导演告诉大家,明在老家帮父亲干活时,不小心滚落山间摔断了右腿。最后他以悲切的口气叹息一声说:"也许明这一辈子再也不能登台了。他的舞跳得好,特别是那个独舞《山里汉子》真棒,可惜了一个人才。"

听闻此消息,光的心里涌起一种失落感。

不久,光收到了明寄给他的一个包裹和一封情真意切的信。拆开包裹细看,那是光曾穿过的那件红色舞衣,后边泛出一抹淡淡的白。记得那次在南方某市演出误场后,光觉得晦气,随手将它扔掉又买一件新的。想不到明又悄悄捡起保存下来。来信中这样写道:

玉光兄:您好。我回故乡不慎摔断了右腿,也许此生将永远告别倾心热爱的舞蹈事业。回想几年来的交往,你是我最要好的同学和舞友,给过我不少关怀和鼓励。我只好将这份爱寄托在你的身上,恳切希望你珍惜年华,苦练基本功,争取上演更多更好的舞蹈节目。顺便将你弃置不用的旧舞衣送还,盼你好好保存,能理解我的一片苦心……

　　看到这里,光心头一热,紧紧抱着那件红色舞衣,泪水止不住地流了下来……

裂　变

　　送到村头,华妮埋怨说:"吃了饭就走,也不多坐一会儿。"随后扶扶肩上那个大挎包,并一遍遍捋着辫梢。玉广轻轻"嗯"一声算作回答。半天无语,继续向前走,只听见脚步的"嗒嗒"声和衣襟摆动的"嚓嚓"声。她偷看他一眼,他的脸上没有一点喜色,还在生她的气呢!她心里一阵不快,步子放慢些,说:"就这样吧,我不远送了。"

　　"我再说一遍,你到底去不去?"眼看快分手,他憋不住又问。

　　她知道还是为那事——春上,经姨妈介绍,她和玉广相识了,几个月过去,二人建立了一定的感情基础。他会祖传的编织篾活手艺,能编各色筐筐篓篓,在上面还能玩好多花样,前些时日被县工艺制品厂招聘去当师傅。后来,工艺厂扩大,又成立个刺绣厂,华妮是这方圆百里有名的"刺绣大王",他今天特意代表厂里来下聘书,却被她推辞了。她心里自有主意,先笑笑,又解释说:

"俺妈也不愿,城里的环境整天闹哄哄的,俺不习惯……"

"你少找借口吧,"他翻翻眼,说道,"倒不是说自己不愿去,是怕别人把你那看家本领学跑了。"

这话听着刺耳,她有点受不了,便提高声调说:"各人都有自己的选择,这是我的自由。"

玉广口里喘着粗气,久久地看着她,如同在看一个陌生的路人:"我,我总算认识你了。"

"认识又咋啦?"她定定神,站直身子,两眼挑战似的望着他,自信地说:"我也有我的计划。最近,俺打算自办一个刺绣厂,请村里的小姐妹们都来帮忙,已经和地区刺绣厂联系好了,他们还保证提供信息、原料、技术……"

"那好吧,"他从她肩头抓过挎包,掂掂分量挎上肩,冷冷一笑,"好,小华,咱们该分手了,我祝你早日成为百万富翁。"说完扭身就走,走几步又回头,从牙缝里迸出几个字:"自私鬼。"

华妮憋着口气没有吭声,直直地站在路边,望着他渐渐远去的身影发愣。

五天后,华妮收到了从县城发来的一封信,她急忙回屋拆开一看,见里面装着的却是一张白纸。她双手捧着那张重若千斤的白纸,缓缓坐在了床上,呆呆地望着屋外……

奇　石

　　胡小林父母早逝，是村里人帮衬着使他长大成人，之后村主任给他联系了南方一家电子厂打工，可他干了三个月就跳了槽，换了几个地方，钱也没有挣到又打道回府。村主任看他不务正业很是生气。之后，他看在家没意思就又偷偷走了。

　　谁知，有一天胡小林突然衣锦还乡，到家后就将他那三间破瓦房扒掉，很快盖起了三层小楼。

　　村主任说，有了楼房，你娶一房媳妇好好过日子吧。可他却依旧不务正业东游西荡，甚至还从西河滩弄回不少石头蛋，像供祖先那样摆在屋中的条几上。

　　村主任看不过去，登门训斥他，让他把自己的承包地从别人手里要回来好好种上，不要再搞那些歪门邪道了。村主任临走还质问他："这些石头是当吃还是当喝？"

　　胡小林嘿嘿一笑，不置可否。

　　村主任愤然而去，并且对村里人说，这小林怕是无可救药了！

　　没过多久，村里一户人家彩电被盗，随后，另一家的大牤牛也被挖洞偷走。派出所的民警来村里调查，人们就怀疑到胡小林的头上，说他出去了一年多，回到家就盖起了三层小楼，这些钱肯定来路不明，不将他抓起来，以后村里永无宁日。

　　民警找上门去。

　　谁知胡小林一脸怒气地质问：你们凭什么怀疑我呢？请拿出

证据来。

民警就问,你这楼房是怎么盖起来的?

胡小林说,我是靠打工、做事挣的。

民警就又问,你出去做的什么事儿呢?

胡小林说,我出去挣钱非偷非抢,纯属个人隐私,可以不告诉你吧?

民警这下没辙了。

不久,这两起案子告破,嫌疑人相继落网,洗清了胡小林的冤屈。但是,村里人对胡小林的兴趣却更加浓厚了。他到底干啥能挣那么多钱呢?

秋天来了,村里老五叔的孙女得了一种怪病,到省城一检查,需要花费五万元钱。他家底薄,一时拿不出,正在犯愁呢。胡小林听说后,一下拿出五万元,拍到了他家的饭桌上,让他先用着,不够了言一声,再给他想办法。

谁知,第二天,老五叔又将这笔钱给胡小林送回去了。

胡小林问他为啥不用。

老五叔摇了摇头,走了。

后来,胡小林听说老五叔是嫌他的钱来路不明。

这对于胡小林是一个很大的打击。他决心要澄清这个事实。

这天中午,阳光很好,胡小林将大家邀请到村头的大槐树下,他要将自己一个挣钱的秘密告诉乡亲们。

大槐树下果真来了不少人。

村主任半信半疑地望着胡小林"哼"了一声,讪笑着说,你肚里有几只蛔虫难道我会不知道吗?你也不要拐弯抹角了,说说你是咋发财的吧?

胡小林从怀中取出一块石头,拿在手里问道,大家看看这是啥东西？不少人围过去，看过后不由得哄堂大笑。村主任也凑过去细瞅，他看完摸了一把胡小林的额头，说道，小林，你不会是中邪了吧？

见村主任这样一说，大家笑得更凶了。

可是，胡小林并没有笑，他仍然一本正经地介绍说，请大伙儿不要取笑我，我这可是认真的。他慢慢讲解，说这块石头不是一般的石头，它像一只娃娃鱼十分可爱，随后指出了其中的形态和妙处。大家凑上去细看，越看越像那么回事儿。停了停，他又说，大家不是想知道我是怎么发财的吗？实际也很简单，那次我回来，心情不好，就去了西河滩玩，突然看到有一块石头看着像一匹腾飞的骏马，我一时来了兴趣，就拿着去县城让过去一位朋友看看。朋友说他有一位姨父在文化馆，可以帮忙鉴定一下。经鉴定，这是一块奇石，其价值很高，并推荐给省城一位收藏家，竟然卖了16万元。你们说，这算不算发财的门道啊？

胡小林这一说，使在场的乡亲们都惊呆了，身边祖祖辈辈的石头也能值钱？这真是个奇迹。接下来胡小林又说，他正准备在家中建一个奇石馆，同时，也希望在西河滩的鹅卵石上大做文章，好的就选出来，次一点的做些加工送到城里装饰公园或室内，再差的就建一个采石场，提供给一些建筑工地，同样也能挣到大钱，说到最后，他感叹道："咱不能守着宝山不识宝啊！"

听完他这一席话，大家茅塞顿开，连声称是，有的伸出大拇指，说小林这主意就是高。

悔　恨

　　原先,高敏和弟弟生活得很幸福。之后,妈妈有了外遇,与一个木匠私奔去了县城,一年多后与爹离婚,从此,这个和美温馨的家被一片阴影笼罩着。

　　高敏过早地懂事了,五年级的高敏沾血带泪写了一篇题为《狠心的妈妈》的作文,今天上午,由班主任老师饱含深情地念完后,使不少同学流了泪。放学后,高敏迈着沉重的步子回家,她发誓,这一生也不会原谅狠心的妈妈。

　　到家时,爹在地里干活还没有回来。高敏开了门就忙着做饭,吩咐弟弟去园子里摘些菜,她自己则淘米做饭。

　　当她端着米盆走出堂屋,却看见屋檐下站着一个女人,那不是别人,竟是她的妈妈。只见她长长的头发凌乱不堪,憔悴的脸上,一对失神的眸子呆呆地望着她。高敏没有说话,她咬紧牙关,忍着眼里欲出的泪水,回身"砰"的一声关上了堂屋门。

　　忽然院门"咣当"一声响,爹回来了,隔着里屋的玻璃窗,她看见爹高挽裤腿,将钢锹靠在院墙上,不无怨愤地说:"你既然舍了这个家,还回来做啥?"

　　"我回来看看敏和平。"妈妈低着头,声音极低地回道。火苗"哧"地在高敏的心间腾起,倏然间,多日来埋藏在内心的辛酸一股脑涌出来,她紧走几步拉开门,充满委屈地说:"俺过得好好的,谁让你咸吃萝卜淡操心。"

妈妈哀怜地望她一眼没有吭声，而是从她跟前慢慢走进屋，把带来的新衣、糕点放在茶几上，缓缓回过身，颤声问道："敏，你真不要妈了？"

高敏扭过头，扯高声调："滚，你给我滚远点，我没有你这号丢人的妈。"

妈妈很尴尬，脸上一红一白，坐也不是走也不是。稍时，妈妈咬咬牙镇定自己，右手理了理额前的刘海，慢慢挪出门。走不远，她又回身，以歉疚的目光瞅瞅高敏，又瞟瞟一旁呆站着的爹，看到他们没有丝毫挽留的意思，就十分痛苦地扭头走了。走到院门，她掏出手绢捂着脸踉跄而去。随着她的离去，掏手绢时拽出一张片，那纸片像一只黄蝴蝶在院子里飘舞，徐徐落在水泥地上。

看着妈妈的离去，老实巴交的爹走了几步，"唉"了一声，抱着头蹲在当院。

许久，犹如梦醒一般的高敏懒洋洋走近院门，捡起那张妈妈遗落的东西。蓦然间，她看见那是一张"离婚证明书"，是与那个该死的木匠的。她睁大眼睛望着门外，动情地大喊道："妈妈——"便不顾一切地冲出院门……

利　用

这天，我正在电脑前看一份有关教育方面的资料，忽然接到了老家的土根打来的电话，说，小叔，你这会儿在干啥？我说也没干啥，还在做老本行，做教案。之后，他用急促的语调说，不得了了,咱村要出事儿,你快回来看看吧!听到他这种没头没脑的呼唤,我着实有点惊诧,就安抚他,土根,你慢慢说,究竟咱村发生了啥事儿?他就结结巴巴、断断续续说出了来龙去脉。原来,我们那个彭家湾村的村委会主任彭五叔近期因为年龄大了,要退下来。他一退下来,便要改选新一任村主任,可土根听到风声,黄姓的黄子平很可能要当村主任。

自古以来,我们彭家湾是彭、黄两大姓,而黄姓的人口原先要少于我们彭姓,可他们在外干"公家事"的人多,在县、镇两级都有在职干部,因为有权有势,每一次选举村干部要么直接命名姓黄的干,要么说是选举,就在村里走走过场。为此,他们就一直独霸着彭家湾的大权,本来村支书是黄大海在干,眼下村主任又是他们的,难道我们姓彭的就没有人了吗?

一听土根这样说,我心里也很来气,虽然我在市内是一个穷教师,但是,经过这几年的打拼,不但被选为了市级十佳优秀教师,还获得了不少如"模范班主任""优秀学科带头人"等荣誉,渐渐地有了一定的影响,更重要的是还认识了一些有名望的人,比如教育、宣传战线上的领导。我稍后就问土根的意思是怎么办,他说,你找找市内的熟人和领导,给县镇的领导通通气,一定要把这口气争过来。当即,我满口答应,竭尽全力来办。

挂了土根的电话,我想了想,就打了市内一位本家兄弟彭乐鹏的电话,他原先也是当老师的,后来辞职"下海",做起家具生意,现在是乐鹏家具有限公司的老总。等我把情况一说,乐鹏也很上火:"咋啦,他们黄家独霸彭家湾的日子还不够吗?有了一位村支书,还要把村主任的职位也要揽到自己人手里?!争,不争白不争,花钱也要争。"当下他敲定,近期他走走上层路线,探探县里的口风,争取这个村主任的职位让我们彭家的人拿下。

两天后,乐鹏打来电话说,情况正向好的方向发展,他拐弯抹角找了县政府信息科的一个科长,让他花钱请客运作,看彭家找谁来担纲村主任的职务。在电话里我和乐鹏合计了一番,我们彭姓历年来的确人数上占优,超过黄家,但是,这几年由于年轻人不少都出去打工,有的甚至全家都去了南方,要找一个合适人选却颇费一番周折。选来选去,乐鹏说,那还不如让土根来干吧。我疑惑地问:那咋行呢,他在柳溪街上开着酒店,还做着粮食生意,能有工夫干这个村主任?乐鹏说,那只好问问他咋样。回头乐鹏对土根一说,两人却一拍即合。

接下来,乐鹏牵头让土根准备材料,听镇政府说,计划要在彭家湾举行公开的竞选。不几天,土根借到市内进货的机会,又请了乐鹏和我一场酒宴,还把彭家湾彭姓家族一些在市内的人叫过来商量对策。

这件事在我和彭乐鹏的"关照"下,紧锣密鼓地进行。

一个月后,在彭土根和黄子平两人之间,通过全村一千多人的公开差额选举,土根毫无悬念地确定下来,正式成为彭家湾村委会主任。

没过多久,在彭家湾靠近国道的一片土地上,彭土根建起了一个大型化工厂,专门生产添加剂、农药等产品。

我们彭家湾紧挨着柳溪街,有国道、高速路、铁路等"区位优势"。自从彭土根的化工厂建成后,村河变黑,环境污染,村民意见很大。

而黄子平在深圳打工七八年,携带着雄厚的资金,打算在彭家湾靠近国道这一片土地上建一个电子玩具厂,主要招聘本县有残疾的人来工作。可彭土根听说后,怕黄子平抢了他的先机,就找到我和彭乐鹏摆平此事。此后,黄子平选举失利,又回了深圳。

了解了真相之后，我和彭乐鹏真是后悔不已，如果从大局考虑，黄子平应该是合适的人选，如今，好心却办了坏事，假若村里的乡亲们知道内情，那不把我们骂死才怪！

知　音

哎，你咋老盯着我？什么，会观相？好，来来，就着碗喝几口……嗨，不瞒你说，这几天我真气。好，从头说。以前，咱在乡政府纪检委干事儿。怨我嘴上少个把门的，见不得邪，遇见不顺眼的事好说几句，汪乡长见咱好惹麻烦事，就调我去当计划生育专干。那活儿和女人打交道，得罪了不少人。这还不算，前些时日，乡里选先进，把街上的刘印显报县里。他姓刘的算哪一宗儿？在街上赁了两间门面，专做黑市买卖，钢筋、化肥、彩电啥都贩。上个月从广州拉回不少旧衣裳、成箱的电子表，都是次品货，后来我忍不住告他一状，他被税务所以偷漏税罚了好几千元。想不到这姓刘的门道就是多，夜里悄悄给汪乡长搬去一台十七英寸大彩电，还用三轮车给经联社的林主任拉去了几袋八零面，又额外送上两袋麦，说是专门让喂鸡子的，你看这人想得多周到哇！

来，再喝两口，随便叨点菜。也没啥好肴，花生仁、炒豆腐，凑合着喝二两解解闷。呃，你问那事？嗨，有钱能使鬼推磨，汪乡长、林主任到税务所说说情，罚的款又全部退了。最气人的是，前些时日选县人大代表，汪、林二人提议让刘印显当候选人。我气不过，站在乡政府大门口发了一顿牢骚，结果还是不顶用。乡文化站的老齐说,几个月前县里又来一位姓徐的县长,我憋着口气给"县太爷"写了封信,希望能管管那号坑人的倒爷们。谁知等啊等,十来天了也不见一点回音,看来还是官官相护,以后咱尾巴夹到裤裆里充哑巴吧!啥?你有法破?嘿嘿,我给你说说也只是图个痛快,你就是有法破也使不上。不见得?好啦好啦,别给我解心焦儿啦。你是谁?嗨,会观相的过路人呗。啥呀?您就是徐县长?! ……

是祸是福

那是一个秋天的后晌,老天下了一天一夜的雨后放晴了,铁锤的爹就催妈妈跟他去南洼掰苞谷。快掰完的时候,爹不容商量地让妈妈回家去牵牛,将架子车拉来。有些潮湿的苞谷被掰得一堆一堆地散落在地里。妈妈嫌苞谷有些湿,想等明儿个再拉。爹怕夜里有人偷,就坚持要连夜拉回家。

妈妈就回去牵上牛,把架子车拉来了。

等把苞谷一筐筐地装上车,天就黑了。

泥泞的路坑坑洼洼不好走。当走到一处水洼地时,在前边牵着牛的妈妈却失足倒在了水洼里,正猛力吃劲的大黄牛,突然栽倒在妈妈的身上。只听妈妈尖叫一声就晕过去了。爹丢下车把,扑向妈妈,看到她的头部鲜血直流。后来妈妈不等把她送到镇医院,她就咽气了。

为此,铁锤对爹心存怨恨,如果那天他们不去掰苞谷,如果那

天他们不拉苞谷,妈妈怎么会活生生地死了呢?铁锤始终不能原谅爹,一直认为是爹害死了他贤惠善良的妈妈。

转眼妈妈的"五七"过了,周年过去了,竟然有人为爹续弦提亲。而15岁的铁锤将来说媒的人骂走了。他甚至警告爹这一生再不能娶人,如果他再成家,那妈妈铁定就是他有意害死的。

两年过去了,爹再不敢有这种念想。可是到了铁锤18岁那年,爹托一位亲戚在南方某市为铁锤找了一个校油泵的活儿,说让他先学一门技术,日后也有个吃饭的门路。好在铁锤也是个争气的人,他在店里连续干了三年也没有回过家。等到他第四年技术学成出师,自己另立门户开店做老板时,这才回家看望爹。可是,令铁锤想不到的是,当他走进那个敞开的大门时,却是一片破败狼藉的景象:三间平房灰尘遍布,院子里野草丛生没过膝盖,显然,这座房子很久没有人居住了。铁锤这才想起,他已经很久没有同爹联系了。由于心头积聚着对爹的愤恨和幽怨,爹曾多次给他打过电话,他都一概不理,他不能原谅爹害死妈的过错。

后来铁锤才知道,爹已经出门一年多了。从大伯吞吞吐吐的话语中铁锤方知道内情:爹一个人耐不住寂寞,竟然与后院的一位远房花婶——铁锤叫花奶的勾搭上了,这花奶比爹还小五岁呢。这位花奶过门后一直没有生养过孩子,谁知她与爹暗中来往不久却有了身孕,眼看着纸里包不住火,只好私奔跑了……

又羞又恼,觉得很没面子的铁锤连夜离开了小唐庄,去外婆家住了一夜,第二天就走了。他发誓再也不要见到那个糊涂而又丢人现眼的爹了!

岁月更迭,物是人非,谁也想不到,只有七八年光景,铁锤的爹在南方某市发财了。

开始,铁锤的爹带着私奔的后妈去了南方,辗转多处吃尽了苦头。应该说,铁锤的爹在农村可是一大能人,精通木工、泥工匠,开过四轮、汽车,会抹抹焊焊、修理自行车,等等,无论多复杂的活,他一看就懂,一点就会。在 K 市期间,他先靠搬运,之后又拉起了一个建筑队。等站住脚跟,他让后妈回村与以前的丈夫办理了离婚手续,然后又与他正式结了婚。再后来,又拉起队伍修了一年多高速路;积攒几个钱后又办起了水磨石厂,短短几年时间赚了两百多万,在那里成了小有名气的企业家。

有了雄厚的资本,铁锤的爹急需有个帮手,他就通过铁锤的外婆联系上了铁锤,打电话让他去南方发展。

铁锤说他不愿去。

爹就开导他:我知道你因为你妈的死,对我抱有成见,可是人死不能复生,是福不是祸,是祸躲不过。你妈死了难道说我不难过吗?不过也许咱这是因祸得福,如果不是这家庭变故,恐怕咱还待在那个穷地方受罪呢。铁锤停了好久才说,我妈死我不会原谅你,如今你又娶了村里的花奶,我更不能原谅你,村里的人都在戳你的脊梁骨呢!爹呀爹,你再也没脸回小唐庄了。爹仍然坚持己见:你是年轻人,但那思想咋恁陈旧呢?现在是啥时候,是 21 世纪了,谁想嚼舌头就让他嚼去吧……经过几次的通话,铁锤的思想有些松动,他告诉爹,等他想好后再说吧。

如今铁锤仍然没有找他那发了财的爹,他仍在经营着自己的校油泵维修店,在好几个城市还开了连锁店。如果有一天,你偶尔在南方某个城市看到了一个挂有"南阳校油泵连锁店"牌子的店,说不定那正是铁锤开的呢!

跳出来的价值

大学毕业的梅林回到父母的身边,每天穿着一套健美服出去转悠。回来后,梅林的爸爸梅华杰就问他,你是不是出去找工作了?他就乐呵呵地说:"不急不急。"梅华杰就在一旁自言自语道:"你找不到工作,总不能在家里'啃老'吧?"见爸爸这样说话,梅林有点不高兴:"我的事儿不用你操心。"说罢就赌气回自己的房间了。

看梅林不听他的劝告,梅华杰决定弄清楚儿子出门的目的。第二天梅林出门时,他就像一个侦探一样在后边跟踪。这一打探却差一点让他气得背过气去,原来梅林每天出门后,就找到另外两名同学来到沙河畔的沿江大道上跳街舞。他们一会儿扭腰撅臀,一会儿拿大顶翻跟头,一会儿像是发了"魔怔"闪转腾挪跳跃舞动,在那里狂欢乱舞,引得不少路人驻足观看。辛辛苦苦供他上完大学,希望他能找一份好工作,谁知他却不务正业,像卖艺玩杂耍似的,在街头丢人现眼发神经。

梅华杰决定与梅林好好谈谈。

中午,等梅林回家吃饭时,梅华杰给儿子讲了一通"年轻人要树立正确的人生观,胸怀远大理想"的大道理,最后苦口婆心地劝道:"梅林,我辛辛苦苦供养你上了四年大学,可不是让你到街头跳舞的。"

见爸爸这样说话,梅林知道自己的行踪已经暴露了,就满不在乎地说道:"是,又怎么样?"

梅华杰有点恼怒了:"哟嗨,你还真的破罐子破摔了?我来问你,你这样做对得起生养你的父母吗?你这样做能实现你的人生价值吗?整天无所事事,你甘做寄生虫?"

梅林微微一笑说:"我这样做恰恰正是在实现我的人生价值呢!"梅华杰哈哈笑道:"你天天去跳街舞就能实现自己的人生价值?你不觉得这样做太可笑了吗?"后来梅林的妈妈也来劝说梅林,希望他玩一阵后还是正正经经找一份工作。可梅林觉得实在与他们说不清,声明自己先出去居住。说罢,收拾了一下自己的日常用品和衣物便出门而去。

梅林的妈妈要追他,被梅华杰一把拽下,嘴里狠狠地说道:"让他出去吃吃苦也好。"

不过,当晚梅华杰经过问询,得知儿子去了同学家里这才暂时放下心来。

第二天,他悄悄地找到那位同学的父亲,偷偷塞给他一些钱,交代让他保密,说等梅林"反省"好后让其再劝说回来。

可是半个月过去,一个月过去,梅林始终没有回来,而且还有坚持下去的迹象,因为,他向一位前去打听消息的亲友表态,这回不混出一个名堂不回去。

后来,梅华杰听自己的妹夫说,梅林竟然向他借了五万元钱,意思是要办什么"实体"。他十分害怕,他们这样做不是向狼嘴里送羊肉吗?他赶快给妹夫打电话阻止这件事,但是已经晚了。而妹夫为了宽他的心,说这一点钱权当送给梅林"交学费",请姐夫不要多操心。

在妻子的劝说下,梅华杰给儿子打了电话,希望他能回来开诚布公地谈谈。而梅林则说,等我实现了"人生的价值",我再回去。

这下让梅华杰感到很失望。

不久,有人传来消息,梅林竟然租借了某社区小学弃之不用的房子,开办了一所"街舞培训艺术学校",而且还在本市电视台和报纸打出广告,招收学员,想不到报名者络绎不绝。

很快,梅林的街舞学校红红火火地办起来了。三个月后,招收的第一批学员毕业,为本市培养出了一些独特的艺术人才,而梅林也因此获得了可观的收入,受到了有关部门的表彰,不久,又被选为全市十大杰出青年,获得个人奖金两万元。

领到这一笔奖金后,梅林回到了家里,他将这笔奖金亲手交给了梅华杰,说:"爸,上大学当然就是为了找一个好的工作,但是,现在选用人的标准是最大化地发挥自己的潜能,如今,我不是已经找到了自己的理想工作了吗?同样,我也算实现了自己的人生价值。"

梅华杰想不到儿子真的有了出息,感叹道:"这说明我还不适应现实的需要,通过这件事,也算给我上了一堂生动的课啊!"

"爸,你应该知道,我上的就是大学的艺术系,所以,我不与别人争饭碗,充分发挥自己的优势,走出新的路子。虽然,你理解得晚了一点,但我今天仍然为你高兴。"说着话,他煞有介事地为梅华杰敬了一个并不标准的军礼。

阴差阳错

　　县财政局组织科的张科长退休了,要选新科长了。科里原有两位副科长——余胜天和王一飞,按惯例,这是秃子头上的虱——明摆着的事,要从他们俩中间选一个出来。

　　如果按综合实力来比较,余胜天的年龄稍微偏大些,但他的业务能力强、经验丰富,平时又爱写个随笔、杂文什么的,报纸上经常能见到他的文章,是局里有名的笔杆子。而小王呢,虽然是大学本科毕业,牌子硬,不过他的年纪小,工作时间短,自然显得嫩些,可他人缘好、社交能力强,听说还有一位同学的岳父是人社局的副局长,估计也能起到一定的作用。按说二人升迁的机会是旗鼓相当的。

　　余胜天的想法是,一切随缘,自己现在也一大把年纪了,再向上升的希望也不大了,不如干这个副职,不求有功但求无过,闲时写点小文章赚点外快也算逍遥自在。可是他的妻子不是这么看,她用手指捣着余胜天的额头教训道:"你不为我考虑,也得为咱的孩子着想啊!干了这么多年,还是这么一个副科长,让家里人跟着也觉得没有面子。再说你都快退休了,这可是最后一次机会了。"

　　那就再争取一回吧。

　　想争取当官,也不能空口说空话呀,二人商量来商量去,最好的办法就是送礼,而礼呢就由妻子柳云全权操办,至于送嘛,只有

他亲自出面了。

这天晚上,柳云正洗着衣裳,等到余胜天吃过饭,她便交代他,礼物放在冰箱旁边,你拿上现在就去新来的赵局长家。就在余胜天快要出门时,柳云又让他把门口的那袋垃圾顺便也带出去。

余胜天两只手掂着两袋东西出了门。走在大街上,他那书呆子的大脑还没有闲着,趁空还在构思一篇讽刺腐败的杂文。走了没多远,遇上了一个垃圾桶,他便把那袋礼品当作垃圾扔了进去。事情不巧得很,赵局长并不在家,只有他的老婆出于礼貌给他倒了一杯茶。余胜天很拘谨地抿了几口茶,说了几句闲话,便要告辞回家,临走时不好意思地编着理由说,自己孩子的舅舅最近去南方出差,带回了一点土特产,就拿了一点给赵局长品尝品尝,不成敬意,务请笑纳。赵局长的老婆推托一番最终还是收下了。回到家里后,妻子柳云不放心地问他东西送到家了吗,余胜天幽默地说道:"东西一点不剩地都给送出去了。"

东西送出去了,升官就有了希望,这天晚上,两个人的心情都分外好,便早早地上床睡觉,柳云夸他榆木疙瘩第一回开了窍,为了表示奖赏,特意送给他一个甜蜜的吻……到了天明的时候,余胜天又与老婆温存了一番,不由得话题又扯到了送礼的事情上,他问她:"你到底买的啥礼品,绑那么紧,还怪神秘哩!"

"两包龙井茶叶,两听壮阳神药和一个一千元的红包。"说到这里,柳云"呼隆"坐直身子问道:"哎,你送的是不是那个红塑料袋?"

余胜天漫不经心地说道:"我送的是白袋子,那红袋子让我扔到了马路边上的垃圾箱了!"

"你,你……坏了,"柳云忙要穿衣起来,"你扔的红袋子装的才是礼物,快……快去垃圾箱找找。"

余胜天快快地说:"现在去恐怕也晚了,拉垃圾的环卫车早上四五点钟都拉走了。"

柳云恼羞成怒地捣着他的头说:"你真是书呆子一个,真笨,教曲儿唱也唱不好。"

事情到了这一步,余胜天心里也不好受,一来他心疼那价值一两千元钱的东西,再者给赵局长家送了一袋垃圾,这让局长大人怎么想呢?他不给自己小鞋穿才怪哩!所以,去局里上班,他几次想找赵局长解释清楚这件事情,可是几次到了门口他又退了回来。唉!这咋能说出口呢?只好听天由命吧!

想不到的是,一个星期后,局里召开了全体机关干部会议,新来的赵局长宣布了一批用人名单,其中余胜天被任命为组织科科长。尤其让人意想不到的是,在会议总结时,赵局长点名批评了王一飞,说他不把精力用在正事上,搞行贿买官的不正之风,说着当着众人退还了他送给赵局长的两千元钱。最后,赵局长还特意表扬了余胜天,夸他坚持原则,立场坚定,不愧是写文章的高手,想象力丰富,竟把一袋垃圾送给他,这是为了什么?赵局长最后强调说,他是想提醒我:"咱选拔干部的标准,到底是以人才为重呢,还是以垃圾为重?"

赵局长把话说到这里不吭声了,全体干部都把惊异的目光投向了余胜天。而余胜天呢,他的脸这会儿却"腾"地红了。他摇了摇头,苦苦一笑,心想:这都哪儿跟哪儿的事啊!

拆　台

　　主人养了一只大黑猫,可惜它整天不逮老鼠无所事事。

　　一天家中又进来了几只大老鼠,闹得很凶。第二天晚上,主人就不让大黑猫睡觉,让它忠于职守逮老鼠。谁知大黑猫等主人一休息又呼呼大睡,连续几晚都是如此。

　　主人为了增强黑猫的竞争意识,又从花鸟市场上买回一只黄猫,让它们去比着逮老鼠。可那只大黑猫惰性不改,非但自己不逮老鼠,还无端地咬兢兢业业去逮老鼠的黄猫,为此,主人罚它两顿不给东西吃。

　　此后,黑猫迁怒于黄猫,经常找黄猫的茬,甚至还仗着自己身强体壮时不时地咬它,使得黄猫经常遍体鳞伤。

　　一次,黑猫将黄猫右腿咬瘸了。

　　黄猫躺了三天才恢复元气,方能走路。

　　黄猫知道在这个家继续生活下去,它的左腿还会被黑猫咬伤的,它决定不辞而别离开这个家。走之前它心里一直有疑问:自从来到主人家后,它一直让着大黑猫,有好的总是尽着大黑猫吃,可是遇上逮老鼠这样吃苦的事情,他总是抢先去干,为什么大黑猫还不知足呢?

　　不料,当黄猫问了大黑猫后,大黑猫却霸道地说:"以前你没有来的时候,我是吃香的喝辣的,主人时不时还给我几条小鱼吃,自从你来后,我的日子不好过了,尤其你不断在主人面前表现自己逮老鼠的能力,主人就把气撒到我的头上,你拆我的台,哼哼,我岂能容你?"

原来如此。黄猫当天晚上就离开了这个家。

悟　道

平时,焦岩的工作很轻松,就是接接电话、抄抄报表、写写材料。听办公室的主任老周说,公务员考试后不久,他被分配到柳溪镇政府办公室,是杜镇长直接点将来的,原因是焦岩材料上显示,他在大学期间,曾在校报上发表过一篇杂文叫《劝君莫笑屁》。上班的第一天,杜镇长见到焦岩就拍着他的肩膀说:"年轻人不错,要好好干,以后很有前途。"

年轻人精力旺盛,又有上进心,每天手头工作一做完,焦岩就重操旧业,见缝插针写东西。不久后,市日报和《中原都市报》等相继发表了他的《范跑跑你跑到何时休?》《周正龙为何能移花接木?》《芙蓉姐姐能成为大众的偶像吗?》。焦岩文章上了报纸,自然得到了镇里不少人的夸奖和赞誉,尤其杜镇长还把他叫到办公室,亲自递给他一杯水以示鼓励,再三寄托希望,让他有机会多写点镇上的东西。

得到了杜镇长的肯定,焦岩的劲头更足了,便利用中午、晚上或双休日,加班加点地写稿子。很快还真的见了效果,市内外几家报纸不但发了他的两篇新闻稿,而且还刊登了形式不一的文章,比如读者来信:《我们这里学校没有音乐教师》,杂谈:《公路

三乱何时休?》等。

这几篇文章出来后,镇政府办公室的周主任就找他个别谈心:"小焦,你怎么能不顾全大局呢?应该知道自己是国家公务员,要多写主流和光明面,怎么能随意乱写呢?"

可是,焦岩对这种意见不敢苟同,脖颈一硬说:"这能算乱写吗?宪法还规定言论自由呢,我这是亲自调查了解到的,有采访笔记作证。"

一看焦岩态度恶劣,周主任就有点来气:"好啦好啦,听人劝,吃饱饭,我这可是受杜镇长的指示与你谈话的,至于今后如何做,你自己拿主意吧。"说完,忙自己的事情去了。

如果焦岩自此领悟领导的一番好意也就罢了,可惜他不思悔改仍然"乱写",就造成了不应有的麻烦。这件事过去不到一个月,焦岩又在市日报发表了一篇《梅溪镇棉纺行业火灾频发》的稿子,而且还发在了市日报头版的显要位置,这令杜镇长大为光火。

杜镇长气鼓鼓地拿着报纸找到焦岩:"焦大笔杆子,你这是在宣传咱镇还是在破坏咱镇呢,像这样的事情你也敢捅到报社吗?"

真是初生牛犊不怕虎,焦岩对杜镇长上升到一个对立的高度颇不服气:"杜镇长,我写这篇稿子,也是从善意的观点出发。咱镇有30多个棉业公司和轧花厂,由于春节前后天旱少雨,再加上一些厂对防火工作重视不够,接连发生火灾,我的真正目的就是想引起有关方面的注意,防止火灾再次发生。可你身为领导,却偏袒护短……"

"算了算了,你不要多说了,"杜镇长冷静了一下说道:"你作为政府基层工作人员,思想不够成熟,对生活还悟得不深不透,从明天起你就先去计生办上班吧。"说罢,再不听焦岩解释什么就匆匆走了。

让焦岩到计生办上班是个闲职,每天也没有什么事做,他仍然兼写一些善意的批评稿子。可是每发表一篇这样的文章,就有人抓住一个词或是一句话,捅到报社说他写的文章严重失实,而且盖着镇政府红彤彤的大印给以证实。像这样的次数多了,报社也不敢用他的稿子了。

再后来,有好长时间,焦岩一篇稿子也没能发出去。

不久,镇政府缺少写材料的人手,遇到重大活动就借调焦岩过来帮几天忙。焦岩呢,经历了大起大落沉沉浮浮,锋芒、棱角被磨平了不少。后来,经过杜镇长的批准,让周主任与他谈了一次话,将他正式又调到了镇政府做了办公室副主任,专职写稿。

之后,通过迎来送往,焦岩认识了不少朋友,他一心扑在工作上,给自己定了个准则:一篇批评文章也不写。他发表了不少突出光明面的表扬稿,到了年终,还被评为了县级优秀通讯员。那天,当他得了奖状回来的时候,正好遇到了杜镇长,杜镇长就拍着他的肩头说:"嗯,不错,你小子进步了,终于悟出来了道道。"

免费接吻

唐家洼村委会主任丁顺根从小道消息获悉,最近县里拨下来一笔修路款,由镇里主管村镇建设的王副镇长管着。丁主任知道,钓鱼得下饵,逮个知了还要备根马尾哩,所以,要想修成路,必须先打通他的关节。

丁主任就给王副镇长打电话,说,咱县最大的世纪广场,最近推出一项促销活动,如果在那里买任何一件东西,就可以在20多位个头在一米八以上的小姐中,任选一人免费接吻。一听有这样新鲜又刺激的好事,王副镇长当然不能错过这个机会,他当下推掉一个会议,决定明天和丁主任一起去看看。不过电话最后还提到了那笔修路的钱,王副镇长满口答应。

第二天,两个人到世纪广场一看,确实有这项活动,只是内容略有不同,这是广场四楼的千里马鞋城推出的新举措,只见那海报是这样写的:

兹有我千里马鞋城,值此新开业之际,特隆重推出新款服务项目,凡在我鞋城指定的贵宾柜台,购买一双名牌皮鞋的顾客,每位先生可与特设的服务室小姐拥抱、接吻5分钟,最长时间不能超过10分钟;若有女士光临,可有英俊的先生相陪……

看完海报,两个人迫不及待地直奔主题上了四楼,脚步还没有站稳,就有一位身穿红色旗袍的漂亮小姐迎过来,热情介绍本鞋城各款新皮鞋的优良性能。可是王副镇长对这些都不感兴趣,他关心的是与小姐接吻的事情。服务小姐就讲了免费接吻前应该履行的义务,并带他们到皮鞋专柜先买鞋。到那里一看,吓了丁主任一大跳,一双皮鞋竟要1888元。心疼归心疼,为了修路该花的钱还是要花的。来时他只带了3000元钱,中午还要吃饭,要想买两双显然不够,算来算去只够给王副镇长买一双了。

皮鞋买好后,丁主任掂上,和王副镇长一起随服务小姐上了五楼。

上五楼之后,身边这位服务小姐解释说,在与小姐接吻之前,还要经过洗浴和泡脚的过程。

虽然很无奈,丁主任和王副镇长只好又跟着进了五楼的休息厅。那里面富丽堂皇的摆设令丁主任眼花缭乱,他两眼完全不够用,东瞅瞅西看看。这会儿,有位男服务生给他端来了一杯热腾腾的茶水,而王副镇长则被请进了洗浴室内。还没等丁主任坐在沙发上把一根烟吸完,那边王副镇长就匆匆地出来了。

丁主任忙迎上前去,不解地问:"这么快就完了?"王副镇长便神秘地笑笑说:"洗不洗就那么回事。"实际上丁主任也很理解,醉翁之意不在酒嘛!

这时,就有一位小姐拿着账本走过来,说是茶水加洗浴费共计250元。丁主任咽了口唾沫二话不说结了账。

不用说,下面就该唱重头戏了:免费接吻。

可是,将要接吻的并不是刚才那个身材苗条漂亮的服务小姐,又有另外一位男服务生,带着王副镇长进了西边的那个大厅。看着王副镇长进了那个大厅之后,丁主任刚想隔着门缝看一下,却被出来的男服务生重重地关上了门。

重新回到沙发上的丁主任,正眯着眼,想象着王副镇长与那大厅内的漂亮小姐,度过这美妙时光的时候,忽然,那大厅的门"呼隆"被打开了,只见满面怒色的王副镇长,气呼呼地跑出来了。他气冲冲地走到丁主任面前,说道:"丁顺根,想耍我是吧,这是你办的好事!"随后,扬长而去。

被弄得一头雾水的丁主任,撵上去连喊了几声"王镇长",可王副镇长头也不回地下楼走了。不对呀,这里边定有蹊跷。丁主任决心要弄个水落石出,就回过头来,不顾那男服务生的拉拽,冲进了西边的大厅,要问问这服务小姐为啥得罪了我们的王副镇长。等他走进去一看,一下子傻眼了,这大厅哪有什么漂亮小姐,原来一圈摆放的都是些形态各异的木头模特小姐。这会儿,丁主任的头"嗡"的一声像炸了一样,他连连摆着手说:"坏了坏了,这回修路的事算是全泡汤了!"

戒　　指

　　去 K 市开完笔会,临走时,我思索再三,在火车站门口的地摊上用两元钱买了一枚"亚金"戒指,然后又到旁边首饰店里配了一个精致的首饰盒,立时使这枚戒指身价百倍,熠熠生辉。

　　早晨到家我将提包一放,思忖与妻开个玩笑,便一本正经拽过妻子,并且十分认真地告诉她,过去结婚时,因为条件差没有买结婚戒指,这回趁出门的机会,我就买了一枚补上。妻子关切地问道:"那这戒指得不少钱吧?"我神秘地眨眨眼:"你猜猜。"妻子皱眉思索半天,盘算着说道:"现在市场价金货一克上百元,你这恐怕得一千多元吧?"

　　我没有直接回答,只是强调这种戒指不同于一般市场上卖的,如果时间长了颜色稍有变化,只要用牙膏轻轻一涂,就会光亮如初。另外的特点是,这戒指还有保健作用,可以预防高血压、冠心病等。妻子听得一愣一愣的,她马上十分欢喜地将这枚戒指像宝贝一样捧在手上,之后仔细端详着,轻轻"嗯"了一声:"是不一样,俺们单位有一位同事小英的 24K 戒指也没有这枚鲜丽漂亮。"

　　我微笑着将戒指郑重其事地给妻戴上。她乐得合不拢嘴,欲要回报我一个吻,这时有人敲门,一位文友来了,我随后出去了。

中午我回来吃饭,却发现妻子的手指上空空的,就心虚地问她怎么回事儿。妻子正洗衣,累得满头大汗。问了几声,她才有点心疼地说道:"你瞧我是戴那东西的料吗?做饭、洗衣忙上忙下,戴上不是糟蹋了吗!"说到这里乜我一眼,"看你,得几个稿费就'烧包',以后咱孩子抚养、上幼儿园、上学,花钱的地方多着呢,我想等有空了把戒指再转让给别人。"

"你,你,这可不能啊!"我觉得这件事情不妥,如果她当真再卖给别人,岂不闹出笑话?不,我要给她解释清楚,就蹲在妻子面前吞吞吐吐地说:"这戒指,不是……不是,这戒指……"

看我欲言又止的样子,妻子拧衣服的手停下来了,不解地望着我:"有话就说,有屁就放,难不成这戒指是你偷别人的?"

"哪能呢,"我凑近妻子,很不好意思地想了半天,才鼓足勇气说出实情,"娟,真对不起你呀,这戒指是我偶尔好玩,在地摊上掏了两元钱买的。"

"嘻嘻,"妻子的脸上恢复了笑容,并捣着我的额头说,"看看,你这写小说的人呀,幽默味又来了。你肯定怕我心疼不戴它,故意说这东西便宜是吧?"

"是真的,我说的都是真话,骗你是小狗。"我一扫文人的斯文,在妻子面前赌咒发誓。

"瞧你,给我就不会说句正经话。"说着话,妻子端起脸盆,准备到院子里晾衣服了。

面对妻子一时半会儿真的难以说清,望着她的背影,我是哭笑不得。

实　话

　　那天,我上班去送水,一个顾客找到我,他说我昨天送的纯净水里有一条死蚯蚓,非让退钱。我只好说可能水里有问题。当我回到商贸公司,不等我向经理说完,他就抱怨我不会做事,应该咬死说不可能。我说,咱的纯净水里有一部分用的是大河里的水呀!谁知经理听后大喝一声:你马上给我滚,我再也不想见到你。倒霉,半个月的活算白干,我只得背上被子滚了。

　　再次失业,我又回到了那座废弃的桥下。这天上午,我又出门找事做,仍是失望而归。在回来的路上,看到有位老汉在菜场买了不少菜,两手拎着很吃力,我就上前帮忙。一开口,发现是同乡,他听到我的遭遇很同情,当下就决定让我去他们那里干活,管吃管住,每天三十元钱。

　　中午吃饭的时候,老板小黄说下午干活要早些,两点开始上班,主要工作就是打架,打倒一个人奖励100元,谁也不许当软蛋。

　　当我们吃过饭赶到工地,那里已围了不少吵闹的人。原来,与我们闹事的是市河道处。他们下边也有个公司在挖沟铺管。以前,双方曾为铺设管道闹过纠纷,自来水公司还讹过河道处两万元钱呢!为此双方积怨已久,趁着这次自来水公司通过他们管辖的小河边,就前来阻挡,而小黄的建筑队则受雇于自来水公司。双方围拢在一起大有一触即发之势。我小声向身旁的小黄建议,这要打出人命可是犯法的。小黄手中掂着一块砖说道："现在的世道是打出来的天下。你只管做事拿钱,少操闲心。"最终结果是一场混战,双方都有人被打伤,后来多亏警察过来,方才平息了争端。到晚上回家吃饭时,我们这个建筑小队里有两个人因为打架有功每人奖励200元钱,小黄当场兑现。而我则被宣布由于涣散军心、打架不力,罚我当天活算白干。

　　第三天我被调换了工作,跟着老板小黄的爹老黄——那天买菜的老头,去一个新建的居民小区砌水表池子。这老黄也是农村来的,略懂得点泥瓦工之类的活儿。砌墙这活我在老家也干过,跟着建筑队干了两年多,属于轻车熟路。到了地方,他就问我,这砌墙你咋样,我说我能垒。他二话不说就扔给我一把瓦刀说:"好,你去垒吧!"

　　两个人分开垒池。中途我让他过来看看,他说,你能垒还让我看啥呢?

　　当我垒好后,他过来横挑鼻子竖挑眼。转了一圈,说我上面的墙垒歪了,忙拿起砖头在上面敲敲打打。等他走后,我发现他敲过的地方竟然收进去了三厘米,我只得又将它敲过来。中午吃饭的时候,我打着哈哈说,老黄,我垒那池子,你不敲还好,你这一敲,却敲进去了三厘米。

　　他听过后阴着脸说:"算你能干。"

　　后响,老黄接到了小黄的电话,说这个居民小区刚竣工,正在安装自来水,可是,因为不知管道哪个地方跑气漏水,水压上不去,让我们配合着查一查。那一会儿,技术员老相去焊接一个零件,骑上摩托车出门走了。我和老黄就忙着在指定的地方挖土排查。因为铁耙子齿尖,在刨土的过程中挂到了埋在沟内的水管,当时我根本没有看见,后来猛然看到有水冒出来,就欣喜若狂地

叫起来："跑气的地方找到了。"那老黄过来一看,就忙拿出手机,给技术员打电话："喂,我是老黄啊,对,那个跑气漏水的地方我找到了,恁几个忙活了两三天都没有找到,这回我找到了,你可要请客呀!"那头的老相高兴地答应一声说："中,中,我马上过来。"

等到老相过来一看是新伤,就有点不高兴。老黄急忙指着我说,是他干的这一截儿。我老实承认可能是我不小心扎的。等老相嘟哝着走后,老黄黑着脸埋怨说："就是你扎的,也不应该说是自己扎的,弄不好还要赔偿人家钱呢!"

回到住处,老黄当下就撵我走,工钱分文没有。我说为啥不给钱?老黄说,你说话不中听,办事不稳,爱说老实话,这回不让你倒贴钱就是好的。

我只好离开了那里,又成了一个流浪汉。走在这座城市的大街上,想想近一段时间经历的那些事情,我扇着自己的脸不断检讨自己:如果今后还有机会找份事做,我可千万要管好自己这张臭嘴,再也不能胡言乱语地说那些不中听的老实话了!

小树坑变成了大鱼塘

李老汉的六亩半责任地,就紧靠在一条国道旁。

十年前的春天,镇里调来了一位赵书记,说是要大力发展林果业,就选准国道旁这一片土地,让村民们种苹果树。先挖坑,规定一米见方一米深。树苗是赵书记联系来的,10元钱一棵,据说是优质品种。大家都买了,各出各的钱。当然,李老汉也不例外,植树三年后,苹果树结果了,但又瘦又小,且结得稀稀拉拉,自己吃着都难受,更别说卖了。

苹果树废了。

七年前的春天,镇里来了一位钱书记,仍说要大力发展林果业,还是选准国道旁这一大片土地,让大家种梨树。于是,村民们不得不拔掉苹果树再挖坑。坑按规定,得挖成两米见方两米深。树苗是钱书记联系来的,20元一棵,据说是优质品种。大家各出各的钱,无钱的可优先贷款。当然,李老汉也不例外。三年后,梨树结果了,既瘦又小,还结得稀稀拉拉的,吃起来又涩又酸。

这年,梨树废了。

三年前的春天,镇里调来一位孙书记,还说要大力发展林果业,仍然选中了国道旁这一大片土地,让大家种桃树。于是,村民们只好拔掉梨树再挖坑。按规定,坑得挖成三米见方三米深。树苗是孙书记联系的,30元一棵,据说是优质品种。大家都买了,各出各的钱,无钱的可优先贷款。当然,李老汉也不例外。这回,不到两年桃树得了一种枯萎病,在不到一个月内,大片大片地死去。

死树被挖去做了柴,只剩下一个个坑,像一只只眼睛无奈地望着天空。

李老汉望着那些坑,流泪长叹道:"天哪,运气怎么这样不好呢?"

痛苦过后,他突然有了一个灵感,遂请来了一台推土机,把相连的一个个深坑推成了一个大坑,抽水进去。如此,他的六亩半地便成了一个大鱼塘……

次年,李老汉靠卖鱼就收入了一万多元。他那高中刚毕业的儿子购来增氧机等玩意儿,负责投料放草,还在塘边喂养了二十

多头猪,实行科学化管理。第三年,他家养鱼的纯收入一下子增加到五万多元。

李老汉兴高采烈地感叹道:"多亏了三个书记,要不,我哪会想到靠养鱼致富……"

画家与印象派画

70多岁的老画家从外面走进书房,恍惚间看到桌前有个人毕恭毕敬站起身,客气地鞠一躬说:"柳老,您好。"

老画家仔细观察了一番,这才看清来人是原文化局局长徐荣斌。这人眼睛向上,喜爱溜须拍马,是"文革"突击入党上台的人。在老画家"文革"遭遇厄运的时候,徐荣斌曾口诛笔伐批斗过他,想不到近几年改弦更张干起个体发了横财,突然与他套起了近乎,几次登门求画遭到了他的拒绝,今天为何又来了呢?老画家对他再一次贸然前来显得分外冷淡:"徐同志今天登门又有何贵干?"

"没有啥事,顺便来玩玩。"徐荣斌觉得很尴尬,顺手拿起桌上一张宣纸看着,忽然来了兴致,询问道:"这是您刚画的吧,柳老?"老画家看也不看,而是翻找着书橱内的书,一边说:"见笑见笑,胡乱涂鸦罢了。"徐荣斌略一沉思,恳求道:"柳老,我可是求您多次了,能不能把这幅送我?我可以出高价钱。"哼,画可用金钱买到,而人格是能用金钱买到的吗?但老画家还是出于礼貌,凑过去应付似的看看,见宣纸正中是几道红线条,其他是些不同颜色的斑块,就轻蔑一笑说:"这是我随便拼凑的东西,好吧,想要你就拿去吧。"

徐荣斌受宠若惊,把画幅展于眼前啧啧赞叹,称这幅难得的印象派画,能与凡·高的《向日葵》媲美了。末了,不无崇敬地说:"想不到柳老的印象派画也画得这么好,真够得上大师级的水平了。"

老画家扶了扶眼镜,哈哈大笑道:"你过奖了,我一直师承传统绘画技法,以国画为主,虽欣赏过一些现代派、印象派的作品,可真的无此能耐哟。"

小叙几句,徐荣斌执意请老画家签名留念。说了几遍,老画家心烦了,便想早点打发他走人,就用标准柳体在画上题上名字和年月日。徐荣斌接过后,捧在手中异常兴奋,表示回去后一定请全市最有威望的装裱师装裱后置于客厅。

刚刚送走徐荣斌,10岁的小孙子跑进屋来,在桌前纸堆里扒拉了半天,心急火燎地问爷爷:"我的画纸呢?"老画家沉吟一时,问:"是不是那张红条的?"孙子大喜:"对,就是那张,我刚才画的,准备叠风筝的。"

老画家坐在藤椅上,懒懒地说:"送人了!"

疏　忽

小项坐在办公桌旁,欣赏着报纸上史厂长醒目的照片……

想不到新官上任就初见成效。小项刚被调到云天汽车修造厂20天,便在省报上发表了记述史厂长的报告文学。小项是某名牌大学新闻系高才生,今年正值毕业分配之际,在校方与用人单位的见面会上,他被史厂长一眼看中。报到那天,史厂长颇为信任地拍拍他的肩膀说:"到宣传科做了科长可要好好干哪!"那一刻他很感动,发誓要报史厂长的知遇之恩。他埋头翻阅了大量资料,方知史厂长是位有拼搏精神的企业家,在上任一年时间就使一家濒临绝境、负债累累的企业焕发生机、扭亏为盈。小项激奋不已,写了这篇有分量的文章……他正思索着下一步的工作计划,这时,厂党委李副书记走进来,眯缝着眼,带着让人捉摸不透的笑意,顺手摊开一张报纸并指着报纸说:"小项呵,你真的不愧是学校的笔杆子,一上来就逮条大鱼,可喜可贺呀!"说着,李副书记坐下,接过小项递来的水杯,顿了顿又道:"不过嘛,刚来对环境和业务还不够熟悉,要慢慢努力。"他喝了一口茶,放下茶杯:"不过,你写的文章中也出了一些小差错,比如这个'的'应该是'地',这个'太阳'咋写成了'春明'?"一旁垂耳恭听的小项表现出十二分的谦虚,不住地点头应答:"是,是,是。"

李副书记坐正身,喝口茶,面对小项:"不过嘛,这里面还有些出入,就说以前的亏损吧,也存在着种种客观因素,所以不能不留余地,全盘否定嘛!"说到这里,他从容起身,一脸客气地交代道:"好了,我还有事,这张报纸留下,你再仔细琢磨琢磨。"

送走李副书记,小项回到办公室,然后,仔细翻看李副书记带来的那张报纸,见写史厂长报告文学中间一段,划着醒目的红线。他低头细看,上面这样写道:"史俊生厂长克勤克俭,严于律己,具有崇高的敬业精神,他从前任手中接过一个濒临倒闭的烂摊子后,大胆改革,锐意创新,严明纪律,起用新人,仅用10个月时间就扭亏为盈,效益大增……"小项连读几遍,反复咀嚼,也没有发现什么问题。

第三天,厂办主任找小项谈话,在肯定了他的成绩后,宣布一项决定,经厂领导研究决定,从今天开始,让小项下车间接受锻炼,看其表现再做重新任命。小项头有点发懵,茫然地望着厂办主任问:"我到底错在了哪里?"厂办主任沉吟半天才吞吞吐吐说:"可能你刚来,各方面还不够成熟,工作上有些疏忽。"

小项下车间工作了很长时间才听同事说,本厂前任厂长就是现在的李副书记。

老侯的退休生活

人事局长老侯退休了,整天无所事事,他就买回了一台电脑,慢慢学着上网。可是,老同志遇上了新问题,他只会简单的上网下线,根本不会具体的网上操作。好在老侯人缘好,托人找了一位懂电脑的行家给以指导,他便似懂非懂又玩起来了。但是他毕竟是60多岁的人了,指头笨,脑子反应慢,"临时抱佛脚"学的那点拼音、五笔,全都不顶事。后来,他干脆买回来了写字板、汉显笔,用手写还凑合。

他先在一家叫"天堂好自飞"的网站注册,开了博客,起了一个"不倒翁"的网名,然后他想到不少在酒场上听到的黄段子,便极为认真地发在自己的博客上。可是,等了好长时间,很少有网友来访,就是偶尔有人访问也是"来也匆匆去也匆匆",根本无人留言,弄得他很尴尬。没有办法,他就到处加好友,邀请网友来访

问,但仍是效果不佳。

　　这样不行,他就去几个聊天室找人聊天,可也没有人愿意和他聊。每一回他刚刚和人接上话,人家就把他给撩了,令他很生气。这天,他又上了一家聊天室,遇上了一个网名叫"火凤凰"的人,他主动追上去求聊,谁知人家与他刚说了一句话就不愿搭腔了。这回老侯来了气,死皮赖脸地缠上去,追问人家为什么不搭理他,大有不问个清楚明白不罢休的势头。到后来,人家被问得不耐烦了,就大骂他"臭流氓"。这下子更是让他难以接受,他质问人家"我咋臭流氓啦?"而且非要讨个说法不可。人家就气势汹汹地打出字说:"我一个姑娘家,你一个老头子却要死缠活缠与我聊天,不是流氓是什么?"老侯当然不服气,回敬说,我找你聊天就算流氓了？这回"火凤凰"又打出字回应:"你不是流氓是什么？还不倒翁呢?!"

　　噢,原来毛病出在了这个网名上。

　　吸取了上回的深刻教训,老侯在另一家网站注册时,年龄填22周岁,未婚女性,起了个响亮的网名叫"美丽鸟",还从不少美丽的明星图片中,选出了一张很性感的女星照片上传为自己的个性照。哪料到这下子不得了了,他的博客点击率直线上升,新贴上的黄段子也得到了网友们的极高评价,说他是活跃民间艺术的急先锋,展示性科学的卫道士,引领时代风气的前卫女作家,跨世纪的弄潮儿……

　　做梦也想不到,老侯也有了自己的粉丝,很多少男少女给他的电子邮箱里发来情真意切的信件,深刻地表达了对他的崇拜和敬仰。更加令人兴奋的是,还有几位小男生非要他的电话号码不可,坚持要与他们心中的女神通话。老侯当然知道,通话肯定是不可能的,一旦通话,那不露馅了？他就只好搪塞他们,让他们好好学习或是好好工作，不要过早谈情说爱。

还有一位在校大学生，决定以他某些有特色的黄段子为切入点，写一篇毕业论文。最有意思的是，竟有一位男青年对他崇拜得五体投地，并且爱上了他，非要与他谈朋友。他告诉这位青年，这是不可能的。不承想那位男青年寻死觅活，再三声明，如果老侯不答应，他就要为他心中的女神去殉情。一看要闹出人命，这事非同小可，老侯就声称自己不是他想象的美貌姑娘，而是一个胡子霜染的老头。谁知那位青年发来邮件说："你不要骗我了，你既然是一位领风气之先的美女作家，就应该敢于承担责任。你不爱我也可以，但我在临死之前非要再见你一面不可。爱你的USO。"怎么办？想不到一场网络游戏弄得老侯骑虎难下。这个虚拟的世界不是他老侯的天地，他断然决定退出网络。可是他能干些什么呢？过去自己从一个小职员默默工作，一步步当上了局长，不会下棋、不会弄拳、不会养花、不会钓鱼……甚至没有什么爱好。思来想去，他决定出去旅游，过去他经常带着单位里的人出去考察，旅游是他的强项。

他给那位男青年发了一封电子邮件，说他出去旅游了，去了很远很远的地方，如果小青年真要死，一切与他老侯无关！

路　障

在某山区公路的一个拐弯处，一辆东风车正向前开着，突然遇到了障碍物便戛然停住。司机和助手匆匆下车，看到车前几米的地方，摆着两个紫红色厚重而又气派的大木牌，只见上面分别用宋体和繁体写有"回避""肃静"几个庄重的大字，其中一个写有"肃静"的木牌子还歪倒在一边。

司机上前看看，喃喃地说道："前面维修公路咋不见人呢？""对了，"助手分析说，"听说这深山里有一家兵工厂，是不是他们今天在搞什么科学实验不让走车？"

又一辆货车徐徐停了下来，司机焦急地探头询问："咋不往前走了？"

东风车司机说："道路封锁。前面可能在搞什么演习。"

一辆辆大小车排了长长几百米，车上的人互相猜测、估量……到最后一拨人得到的消息是：中央某位重要首长在前面一个重要军事基地视察，车辆一律禁止通行。

随后，一辆奔驰小车开过来，车上坐着的是本地区的地委鲁副书记。他听说中央一位首长亲临这里视察大为吃惊。这么重要的活动我们怎么会不知道呢？随后，他让司机将小车开到最前面，看到那里围了一大群人……鲁副书记向人们问了几句话后，便疑虑重重地拿出手机拨通了地委办公室的电话。谁知办公室的秘书回答说，根本没有这回事儿。正当他感到纳闷的时候，从前方开过来一辆大篷车，到两个牌子跟前，"嘎吱"一声停了下来，从上面下来两个人，其中一个人"哇"的大叫了一声，十分激动地说："幸亏还没有被搬走呵！"说着走到跟前，非常抱歉地向一圈围观的众人耸耸肩说："这是我们不小心掉下来的。"接着，他很快将那两个大木牌子甩进了车厢里，便上了大篷车。

那辆大篷车掉转车头"鸣"的一声开走了，一圈人都惊讶地望着，只见后边车厢板上书写着几个醒目的草字：《大清奇侠》摄制组。原来他们是拍电视剧的。

因祸得福

  日上南山，唐家洼自然村组委会还在激烈地争吵着。最近镇委为发展经济，提倡种植中药材半枝莲，可无人牵头，都怕万一失败丢了一季庄稼。后来组长田树发无计可施，镇政府的任务是硬性指标，开会反复说，谁落实不了，就要被就地免职。所以，他只好想办法把河滩上头那五亩地机动地腾出来，公平竞争，谁包谁说话。

  "不行，全组就那一块叫得响的机动地，收起来能叫肥了一个人？"有人提意见道。

  组长田树发扫一眼宽敞的厂房院内挤满了人群，显然有点不耐烦了："这又不是藏着掖着的事，为大家做个榜样，谁签字画押承包这块地，将来就坚持种下去。"

  只听见下面叽叽喳喳地议论，却无一人敢主动请缨。

  "没人敢包，我包。"等了一会儿，后边有人说话了。大伙儿不约而同地把目光聚焦过去，原来是坐在碾盘上的周二能。

  提起周二能，他可算得上唐家洼村数得着的大能人，早年挖过药材，搞过鱼苗，贩过猪娃儿，近几年又承包土地兼磨豆腐，真应了"要得发，生意搅庄稼"。他这人被村里人称为"敢吃螃蟹的人"，不论啥事都敢先打第一枪……这会儿他有滋有味地吸着烟，细言细语开了腔："树发组长，你说种了地啥都不要，只收种子钱，以后固定承包种下去这话可当真？"

"对,先只收种子钱做个示范,以后就算承包给种植者,十五年不变。"组长田树发一看周二能有想种植中药材半枝莲的愿望很是欢喜。这可是一块烫手的山芋,早出手早安生。随后,他就把订立合同种地、收少量的种子钱、镇政府科技办提供技术指导等一应优惠政策说了一遍。

周二能不愧为经常出门、见过世面的人,又紧追一句:"如果种子不出芽呢?总不能让人赔吧?"

"种子不出芽,那是上面种子单位的事,与你无关,不行种子钱到时候全组均摊。"

沉默片刻,周二能扔了快烧着指头的烟屁股,站起来和颜悦色地问:"这半枝莲药材到底有人种没有?"

场上很静,无人应声。

"好,"周二能手一摆,"这药材我先包了,就是贴了肥料搭了工夫我也豁出去了。"说到这里他顿了顿,扫了一圈人群:"不过,咱丑话说在前头,到时候我发了财,老少爷们可不要眼红啊!"

田树发鼓励他放心大胆去种,不要有后顾之忧,当面说清不反悔。随即就将那一蛇皮袋半枝莲种子郑重其事地交给了周二能。

不多久,油菜收起来,周二能请来了亲戚朋友一干人马帮忙整地,之后将土粪和化肥又施了一层,便把种子种下了地。

一天两天,种子没有动静;十天半月还是不见一棵芽苗出土。周二能急得团团转,找了组长田树发和镇上的技术员请求鉴定。他们扒开土里的种子仔细查看,可也说不清原因出在哪里。

田树发长长叹息一声道:"事到如今,你就改种别的庄稼吧!"

种植别的庄稼显然已经晚了,周二能想,那就改种晚棉花吧。

所幸这年五亩棉花长势极好,周二能额外获得一笔不小的收入。

年底,因推广这种中药材半枝莲有较大的失误,组长田树发被"引咎"免职。这天,他心情烦闷就去找周二能喝酒,几杯酒下肚,话就多了,田树发红着眼说:"二能兄弟,你今年为了种这种半枝莲药材可是因祸得福,不费事捡了一个蹦蹦枣,这五亩地以后算是以低价位承包给你了。"喝得面红耳赤的周二能凑近去低声道:"啥福呀祸哟,嗨,那种子是我让老伴用开水煮过的,自然是不能发芽的⋯⋯"

田树发听后非常气愤地说:"啥?!周二能,你咋能这样干呢?忒不靠谱了!"

这时,周二能用调侃的口气说:"田大组长,你先息怒。"接着理直气壮地强调:"村里人谁不知道,这种中药材需要一定的土壤、气候、环境做保障,咱这里根本不适合种植,就是种了也十种九赔,自然没有人愿意下这吃力不讨好的本钱,还多亏我多了个心眼儿⋯⋯"

一旁的田树发手一摊,垂头丧气地说:"还不是镇、村少数领导,为了出政绩,以发展多种经营强迫咱⋯⋯"

智囊型万能发财器

下岗职工小 K 在一份发行量颇大的杂志上看到一则广告:免费寄赠智囊型万能发财器。

您想发家致富吗?本部向广大读者推荐由本公司 B 教授窦

跃发最新研发的科技产品——智囊型万能发财器。它的最大优点是帮助您开发最理想的智商,筛选最适宜的项目,组装最精密的思想,拓展最大化的空间;它能使你不用花钱获得最大的经济效益,以最短的时间成为腰缠万贯的百万富翁。我们以推广为宗旨,欢迎加盟。请您只需在来信的同时,附上10枚2元邮票即可,我部负责免费寄赠令您满意的珍贵资料和相关产品。下岗职工、复员军人、教师、大中专学生和农村困难户可优先供货(须凭当地有关证明),寄完为止。落款为:××省××市大华高精尖公司科学技术部:袁达。

久无工作、一心想发财的小K,以最快的速度,写了一封情真意切的信,并开具了有关证明,附上10枚2元邮票随信寄出。

10天后,小K收到相关资料和智囊型万能发财器示意图,图后另附几行文字:

亲爱的远方朋友:您好!您看过寄去的资料和产品图样之后有什么意见和感想吗?请及时反馈给我们,使我们不断改进业务、逐步完善这项高科技产品。假若您确实诚恳地需要这种智囊型万能发财器,并想在人生事业的道路上有所作为,就请速与我公司用户服务部联系,仅需附寄10枚2元邮票即可,该部不收任何成本费。

小K按信上所示,寄了10枚2元邮票。

两个月后,小K收到回信:

小K先生:您好!

非常感谢您对我们的信任。可惜这种智囊型万能发财器因周期较长,目前所产数量供不应求,现已无货,无法满足您的迫切要求,请见谅。不过一旦下批产品出来,我们会及时通知您……

××省××市大华高精尖公司:袁额。

借　钱

有位要好的朋友老 S，与我有多年交情，在一起吃喝不论，时而谈论些国事、家事、天下事，涉及一些文学什么的，可称为人生知己。有一回，他遇到了麻烦事，打电话给我，说想借 5000 元钱。我随口问：你遇到啥麻烦事？他说，我时间紧任务急，你不用问那么多，就说借不借吧。他这样一说，我真的不好再追问下去，便当即去银行给他卡上打了 5000 元，并说真要不够，你再给我打电话。不是说有这样一个典故吗？真正可称为贴己朋友的，就是在某天晚上找你借钱，而且你根本不用问是做何用途，当即就给他如数拿钱。我左思右想，和老 S 深交多年，无论财物钱款，都互有往来，应该是值得信赖的。

老 S 很讲信用，一个星期后就当面归还了那 5000 元的欠款。收到钱的同时，我开玩笑似的说："老哥，这你总该对我说借钱的用途了吧？"

老 S 看了我一眼，不好意思地说："呵呵，那天和一位朋友打麻将，一时不凑手，就给你添麻烦了。"我不以为意地说："打麻将输些钱，这不很正常吗，只是一定不要让嫂夫人知道。"他愣怔了一下，说这当然要注意影响。不过，就在他出门的时候，我出于好奇询问他："那天你与谁在打麻将？"他红着脸、打着哈哈说："你还是不知道的好。"

此后，老 S 不再到我家里来玩了，就是偶尔在街上遇到也只

是点点头就过去了,也不谈论什么国事、家事、天下事,弄得我好不适应。有一回上班路上又碰上了,我拦着他问:"你最近咋不去我家玩了?"他连忙摆着手搪塞说:"最近非常忙,腾不开身。"再腾不开身,去喝杯清茶的时间还是有的。我百思不得其解,难道我借钱给他却把他给得罪了?甚至断送了我们这多年来亲如兄弟的情谊?

我也在回想是否近期言行上不注意惹得他心里不高兴。左思右想,悔悟检点,没有,真的没有什么差错。我自认为我这人还是很自律的。那他为什么不来了呢?

这种困惑一直悬在我心中难以排解。

直到一年后的一天晚上,一位商界的朋友老钟请我喝酒,席间一时兴起,问我,一年多以前老S是不是借过你5000元钱?我说有这事儿。他说,听说你俩关系很铁?我回答说,是的。可心中又疑惑:"你冷不丁现在问这事干啥?"这时老钟小声说道:"那天他犯事儿了。"我捣着他哈哈一笑说:"你呀,还消息灵通人士呢,这事儿早就是旧闻了。"他又反问我,你知道个啥?我说,那天他和几位麻友打麻将被逮着了。老钟撇撇嘴反驳说:"你只知其一不知其二,那天老S是犯了花痴。我内弟是那个片区的民警,负责处理这起嫖娼事件。"说到这里他又加一句:"我内弟还对我感叹说,那个老杨,咋会交了这样一个教师朋友?还为人师表呢!"

我双眼直直地望着老钟,愣了半天没有说出话来。

加　工

　　镇政府给小李庄村下达了一个硬任务，让村主任10天之内报上来一个养殖专业户的先进典型材料。村主任因为"工作繁忙"，将这一光荣而又艰巨的任务交给了村文书小邢，勒令他三天之内搞出来。

　　小李庄村是个穷村，村干部自顾自地忙于酒场上的应酬，使养殖业发展迟缓。小邢发愁归发愁，还得应付这件大事，他在九个自然村连续跑了两天效果不佳，但在第三天后晌，事情有了转机。去小张湾瞎转时，小邢看到村民古连典正用扫帚在给牛打扫卫生，这两头大牛体格健壮，孔武有力，是典型的著名豫南黄牛，它们的后边还跟着一头小牛犊儿，三头牛按目前市场价格估算可值5800元。小邢灵机一动，回去后，将古连典的养牛事迹整理成一份材料，经村主任仔细审阅后，很快如实呈报给镇政府办公室。

　　镇政府的刘主任看了材料后，觉得事迹还不够突出，便把"3头牛"改成了"30头牛"，年收入扩大到了"58000元"，又加工一遍，专程送给县委宣传部。县委宣传部的尚部长在上报的一堆材料中，看到了小李庄村小张湾古连典的养牛事迹，眼睛一亮，马上又选准了这份材料，便信笔在"30头牛"的"30"后边加了个"0"，年创收改成了"58万元"，然后签字督办，亲自点将让新闻科的林科长执笔写出了一篇新闻稿，即日送往地区报社。

　　这天，在S市牛皮大酒店，××县宣传部新闻科林科长举行

了隆重的酒宴,宴请地区日报社农村部的金主任参加,席间少不了一番称兄道弟、猜枚行令。宴席进入高潮时分,林科长十分庄重地送给金主任一个千元红包,钱自然出在这顿酒宴的招待费上。临分手时,林科长暗示金主任,今年时间已过半,省级、中央级报刊上只有几篇稿,任务缺口大,希望金主任多多帮忙,将这篇稿加工一下送上去,最好将他的名字也署在后边。

金主任在报社是数一数二的老记者了,是有名的大笔杆子。他大笔一挥,把稿子润色出来了,原文是这样写的:

本报讯 ××省××县××镇小李庄村养殖专业户古连典,近几年来,在各级党委、政府领导的直接关怀下,大力发展种养业成效显著。他承包了100多亩土地实行科学化种植管理,又相继发展养殖了763头杂交黄牛、480只波尔山羊,全面推行秸秆科学化喂养,形成了一条龙规范化管理,获得了可观的经济效益,至年底可创收580多万元。在他的带动示范下,××县的养殖业从养牛、养羊到养猪、养兔、养虾、养狗、养貂、养鳖等,像雨后春笋般不断蓬勃发展起来……

很快,这篇稿子在省报及中央几家大报发表,引起了极大的反响。一个月后,几家报业集团组成了联合采访团,准备采访古连典这个突出的先进典型。可是采访团到达××县,好喝好吃了一顿后被婉言谢绝了,理由是:近日古连典去内蒙古考察饲草引进种植,暂时没有时间接待。他回来后将择日另行安排采访。

送走联合采访团后,县委黄书记亲自到小李庄村调研,方知这完全是一场骗局,随后逐级追查责任……

小李庄村村主任挨了上级领导的批评后无处发泄,便找到村文书一顿臭骂:"小邢啊小邢,都是你那杆笔惹的祸,这回咱村的养殖专项拨款泡汤了,先进也被取消了。"听完这没头没脑的一顿训斥,满腹委屈的村文书扒出那篇原始文稿分辩说:"你好好看看,我可是如实汇报的,可是到了上面,上面又做了加工,我有啥办法呀!?"

玉如意

小刘最近心里很憋气,通过她认真仔细地观察,甚至不惜暗中窥视,种种迹象表明,丈夫朱玉金有了相好。那天,她躺在床上睡觉,丈夫以为她睡着了,在卫生间里给那个小情人打电话,说给她买了一个玉如意,打算晚上送给她。

丈夫打完电话回来,小刘仍然躺在床上装睡。他就十分关心地推着她起来做饭,睡眼惺忪的小刘懒懒地说:"我困,老朱。"丈夫问她会不会是感冒了。小刘就腿搓绳地说是有一点儿感冒了,让他去做晚饭。他便牢骚地说:"小保姆呢?怎么没有在家?"小刘说是放她两天假,让她回去看看老娘。丈夫没有话说了,只得去厨房做饭。

看到丈夫不在卧室,小刘就到衣帽钩上翻他的公文包,果然从里面摸到了一个红色的锦盒。打开锦盒,里面安放着一个玉如意。她以迅雷不及掩耳之势,从公文包里掏出了那个玉如意,藏在了自己的贴身口袋内。

饭好后,朱玉金哄着小刘吃过饭,洗刷后,又讨好地告诉小刘,晚上办公室要加班,他怕他们不抓紧,耽误了明天上午的会

议，要过去督促一下。

小刘有气无力地摆摆手让他走了。

朱玉金走后不到一个钟头，就十万火急地打来电话，询问小刘他是不是有个玉器挂件忘在了家里，让她仔细找找。

小刘十分配合地说，你不要着急，我找找看。但是她的脸上却露出了得意的微笑。

等了一阵之后，小刘给丈夫朱玉金打了电话，非常关心地说："老朱，没有找到你说的东西。"说到这里，又急切地问道："东西重要吗？"

丈夫就轻描淡写地说，也没有啥重要的，他随便问问。说罢就挂断了电话。

当天晚上，丈夫九点多就及时回来了，要是往常，不到十一点他是绝不归家的。

两个人说些不咸不淡的话后就睡觉了，第二天各自上班。

小刘是某局的办公室秘书，顶头上司黄局长是她过去的同学，他们在同一所大学的时候，他曾经疯狂地追求过她，后来被朱玉金先下手为强将小刘收入怀中。再后来，三人都相继分到了这座中原城市。之后，黄局长靠自己的能力和人脉很快升迁跑到了朱玉金的前头。让人心酸的是，仅仅是文广局办公室主任的朱玉金暗中却找了一个相好，这是小刘一个好姐妹亲自告诉她的。朱玉金对她的背叛令她心里很是气恼和不快，所以，在那之后她再与黄局长见面，眼神里便多了那么一点儿暧昧的意思。这天上午上班后，小刘处理完手头的事务，拎着装了那个玉如意的精致手提袋来到了黄局长的办公室。

两个人扯了一通闲话之后，毕竟是过去的同学，又是昔日的相好，小刘忍不住就小声抱怨了几句对丈夫朱玉金的不满，说他有外心,另有新欢,表示两个人迟早是会分道扬镳的。一旁的黄局长也只能劝她想开些,时代不同了,能忍自安吧!

"什么能忍自安!你还是不是一个男人呢!我已经找到了他背叛我的铁证,打算给他点儿颜色瞧瞧。"说着把那个玉如意拿出来,展示给黄局长看,希望得到他的同情。

黄局长颇感兴趣地将那个玉如意拿在手上,左右欣赏了一番,末了玩笑地说道:"是不是想送给我?"

"送给你就送给你。"小刘还真的不想再拿回去了,看着也心烦,就一摆手,"反正我留着也没用。"

晚上回家吃罢饭,黄局长坐在沙发上陪着老婆年如娇看电视,无意间手碰到了那个玉如意,于是,将玉如意拿出来显摆似的让老婆欣赏。谁知,年如娇一把夺过去,十分惊讶地说:"我的玉器挂件咋到了你的手里?"

黄局长被质问得有点儿莫名其妙,便发问道:"何以见得是你的东西?"

年如娇就拿在手里让黄局长仔细瞅:"看看,这个地方的一道斑痕我记得最清楚,是我不小心划的。"

"什么?这是你的?!我怎么从没有见过?"黄局长阴着脸抓过那只玉如意再仔细看了一下,蓦地,砸向了面前的地板。

"我让你如意!"

挂　职

　　本着自觉自愿的原则,市审计局要选一位副科级以上的干部去市郊的朱寨村挂职,时间两年。局长开了三次干部会,四次干部扩大动员大会,还逐一分别找干部谈话,一直拖了两个星期还没有最终定下来。不管你找哪一位,都说出许多理由,阐明各自的问题和困难,而且说得情恳意切、声泪俱下,使你不得不放弃让他成为挂职的人选。局长心里纳闷儿:下去挂职应该是件好事儿,一来能锻炼下派干部的办事能力,再者如果在挂职的朱寨村有突出贡献,干出成绩,以后也是选拔干部的可靠依据,可为什么却无人心甘情愿地去呢?带着这一疑问,局长准备探探局办公室曹主任的口风。开始,曹主任也打着哈哈说,他也弄不清楚其中的原因。见他这样搪塞,局长虎着脸有点儿懊恼地说:"姓曹的,你是不是给我打马虎眼?"

　　曹主任连忙摆着手说:"局长,这话说得严重了,我只是,只是……"

　　局长打断他的话:"你有话就说,直来直去,不要再给我吞吞吐吐的。"

　　一看难以过关,曹主任就把自己心中所想道了出来:"首先告罪告罪,我说错了你可不要怪我呀!这不是嘛,人事科的正科长要商调到财政局去,局里所有的副科级干部都在盯着这个职位,一旦下去挂职前途未卜。搞出成绩还算好,假如搞不出成绩不是白白耽误了两年宝贵时间？眼见着有一个正职摆在面前，副科级的干部谁不想争取一下呀！"

一旁的局长插一嘴问："你说副科级干部有这样的想法，那正科级干部咋都不主动请缨下去担此重任？"

"局长，你想啊，处于正科级的干部，年龄快要到杠的，也不求高升，只想着平安到港；而再有三两年的人，再下去两年回来也提升无望，还不如维持眼前的利益。"

细想想还真是这个理。

"那你说怎么办？"局长征求曹主任的意见，曹主任眉头一皱计上心来，小声给局长提出了中肯的建议。

局长雷厉风行，当天上午让曹主任在局大门口贴出告示，公开招聘去市郊朱寨村挂职的人选。

到了中午，宣传科的副科长苗长水前来"揭榜"。

苗长水最近陪着上级一个采访组到基层采访，今天上午刚回来，听说了挂职的事情，就毫不犹豫地要求下基层锻炼。不过，苗长水自有想法，他虽然身为宣传科的副科长，实际就是一个副科级的宣传干事，局里包括局办公室及各科室的不少材料都由他起草写成，而且局里还规定，每年有在市级、省级、中央级报刊发表新闻稿的任务。可惜他是个务实主义者，不会弄虚作假，不会拍马溜须，光肚娃儿靠碾盘，硬碰硬的角色。每每发稿任务难以完成时，有人就说，你在市级、省级和中央级报刊发稿有奖励，这是件好事儿，你咋发挥不了你的长处呢？他只是呵呵一笑，不置一词。殊不知，不当家不知柴米贵，就说这市级报纸吧，你费尽千辛万苦写出稿子，要托人找版面编辑。现在办事哪有空口说空话的，甚至过去请客送礼那一套也不时兴了。偶尔买些礼品送送红包，你一篇两三百字的稿子发表后要送上千块的酬劳费，而到了

年终,一篇也只是奖励两百元钱。再说,就这样一个审计局,哪有那么多的新鲜事儿等着你去写?加上竞争厉害,所以常常完不成任务。他感到脸上无光,还不如趁此机会下去挂职锻炼。

正瞌睡送来个枕头,局长当然给予苗长水一番表扬,说他思想进步,大公无私,为局里分忧,顾全大局,是全局干部的典范。为视郑重,在苗长水走时,局里还大张旗鼓召开了一次欢送会。

苗长水兼任了市郊朱寨村委的第一书记。

他的确是一个干家儿,没有事儿很少回局里,回局里就是找局长要钱,千方百计想着为朱寨村的村民谋福利。在局长的亲自指导下,局里不但慷慨解囊拿出钱来,还组织全局干部职工捐款捐物支援帮扶对象。

很快,朱寨村的村里路修通了,沼气池建成了,还发展了五个民营企业。不久,苗长水由于踏实肯干、工作有方,被树立为挂职干部的优秀典型,一年半后回到局里被破格提拔为副局长。

看到苗长水捡了个蹦蹦枣,那些一直不愿挂职的干部悔青了肠子。

招　数

刘主任雷厉风行,升任村主任的当天就召开了村委会:大家的意见一致,就是要堵住这个环境的漏洞,还小河一个清澈。

宋庄村有一条小河穿村而过,它的上游就在宋庄村,村边上有一家小型养鸡场,每天要排出许多鸡粪水流进小河。这些污秽物顺流进了下游的唐家洼自然村,弄得村内臭气熏天,村民怨声载道,苦不堪言。多次上访无果后,全村便把希望寄托在教师出身、新上任的刘主任身上。

首先,刘主任找到养鸡场的场长李友合,勒令他限期采取措施,不能再把鸡粪水排进小河里。李友合开始也很配合,当面连连表示修一座化粪池。

可是,等了十天半月,不见李友合有一点儿动静,那鸡粪水仍然畅通无阻地流进小河里。

刘主任便找上门去,生气地质问李友合:"你的化粪池啥时间能修好?"李友合手一摊说:"修化粪池需要几千块,你给我?"刘主任只好摊牌:"你这是违反环境保护法的,要罚款的。"那李友合很气人,双手交叉抱在前胸嘿嘿冷笑道:"那你罚呀!"

养鸡场主这样的态度将刘主任气得一愣一愣的,刘主任发誓,不拿下你李友合我就不姓刘。

不过等到他去上面一打听,他便马上如泄了气的皮球——瘪了。原来,这李友合有"粗腿"可抱,他的一位表兄是县城建局的局长,就连镇上的书记、镇长也敬他三分。怎么办?琢磨来琢磨去,刘主任想到了一个招数。听说李友合的儿子李晓来,大学毕业后在柳溪镇中学担任语文教师,刘主任就暗中撺掇校长给李晓来施加压力,让他回去做父亲的工作,尽快修一座化粪池,使鸡粪水找到一个合理的归宿。

哪想到,李晓来回去一说就被李友合严词拒绝,说家里的事儿不让他插手。

李晓来只好回学校去。校长想了想,很严肃地说,这件事儿你解决不好,干脆暂时停课,让别的老师先代着,你啥时候办利索啥时候恢复工作。意想不到的是,李晓来回去与父亲李友合一商量,很快向校长递了辞职报告,那上面只有十个字:世界这么大,我想去县城。果然,不久后他去了县城一所私立学校,工资比在柳溪镇中学时还高。

听到这个消息,刘主任那个气呀!可又没有更有效的办法。

且说这天,宋庄村来了一位算命先生,他路过李友合的养鸡场讨要一杯水喝,站在院中不由得倒抽一口凉气。李友合不解,便问先生有啥不妥。算命先生左右一看:一条小河贴着宋庄村自南而来,到了庄北头一拐向东而去,而养鸡场正建在L字型的内拐角上,这个位置有点儿问题。说到这里,算命先生放下杯子就要赶路,却被李友合拦下:"先生慢走,有话你只管说。"

算命先生执意要走,这更是勾引出了李友合心中的疑虑,李友合甚至掏出口袋里的中华烟让给算命先生吸。只见算命先生手一摆说不吸,李友合又将算命先生拉进屋里叙话。

稍后,在李友合的再三恳请下,算命先生才从提包内取出罗盘,十分卖力地在左右看了一番,然后语重心长地告诫道:"按照阴阳八卦推理,你养鸡场建在这里,挡住了风脉、水脉,此宅实属凶宅。"说到这里,算命先生追问道,"近期你的养鸡场是不是诸事不顺,常有鸡病感染?"李友合连忙点头。算命先生以一副释疑解惑的神态告诉他,此处是凶宅,不可久居。李友合凑近去低声轻问:"那选到啥地方合适呢?"算命先生向四下一看,右手掐指一算,嘴里子丑寅卯了一阵,用手一指:"西南方向那片高岗地势较好,你不如转场。"说完之后,算命先生拒绝了李友合给的一百元辛苦费扬长而去。

半月之后,李友合申请使用宋庄村西南那片荒废的岗坡,要将养鸡场转到那边。

事情得到圆满解决。

事过几个月,李友合将养鸡场迁建到了西南岗上,一直以来污染宋庄村和唐家洼村的这条小河水质逐渐好起来了。看到这样的变化,村里有人见了刘主任,如释重负地感叹道:"这个李友合不服你的管,却信了算命先生的话,真是歪打正着呀!"

　　刘主任皱了皱眉头,微微一笑没有应声,背着手走了。

变相免费

　　退休工人老王在读市报的时候看到一条消息,说市二医院一位专家,为给一些六十岁以上的老人提供方便,不但免去了20元的专家挂号费,在治病时,甚至只用五毛钱的偏方就可治好患者的病。

　　老王将报纸拿给儿子看。儿子半信半疑,说现在的医院都推向了市场,谁还嫌钱扎手?

　　老王就骂儿子一颗心都钻进了钱眼里,把人都看扁了。

　　为此,老王尽管没有病,也决定去见识一下。

　　星期一一大早,老王就去市二医院这位专家门诊前排队。看到前面进去的人出来了,他就低声问,这专家是不是报纸上说的那样啊?出来的人只是十分神秘地笑笑就走了。

　　终于轮到他了,老王却没有看见专家坐诊,旁边只有一位助理医生在忙乎。他上前询问详情,那人说专家每天只为前五十位病人看病。

　　第二天老王又去。守门的助理医生就说,你下下个星期再来

吧,预约的病人排到了下个星期。

　　下下个星期一,老王起了个大早,第一个赶到医院,还是没有看到那位专家。他就问助理医生,专家为啥不来呢?助理医生就公事公办地回答他,专家上门服务去了。老王问助理医生,专家啥时间能回来?助理医生就小声提醒他:"你有特殊批条吗?"老王说没有。过了一会儿他问道:"特殊批条是咋回事?在哪里开?"助理医生回道:"这是我们医院开设的便捷通道,在副院长室。"稍后他又加了一句,"不过,开一个批条需要50元的手续费。"

　　老王一下子惊愕在了那里,一口气没有喘上来,差一点儿晕过去。

找新闻

　　杨永汉系柳溪镇镇政府的宣传干事,是个梦想出名的家伙。
　　于是,很长时间无稿可发的他就挖空心思寻找新闻。
　　杨永汉那日拟定招领启事一份,说本镇女青年张淑霞在某某地方拣到棕色女式皮包一个,内装现金5000多元及其他物品若干。拟完后,他马上送往市报。启事经总编亲笔签发,免费登于显要位置。
　　于是,冒着酷暑,全市先后有高矮不一、胖瘦不等的28名男女老少前来认领。最后,只有一个叫王二能的小伙儿说准棕色皮包内的钱物后取走。

杨永汉便以此事件写出了由他代笔的张淑霞自述文章《好事也需人做》、王二能感谢信《拾金不昧风格高》、通讯《高风亮节谱新篇——记拾金不昧的好青年张淑霞》《杂谈雷锋归来兮》、随感《从小事做起》等 10 多篇不同体裁的文章发往 20 多家报刊、电台、电视台。

于是,散见于数家新闻媒体的多篇文章的稿费单不断地寄来。

杨永汉乘胜追击,将张淑霞动人事迹融汇归纳,连熬三个夜晚写成长达 28 页的总结材料上报。

于是,女青年张淑霞先后被评为村级劳动模范、镇十大杰出青年、县妇女拔尖人才以及市精神文明建设先进个人,领回了烫金荣誉证书和数额可观的奖金。

杨永汉成功地树立了一位青年标兵、妇女典范,因此受到了上级领导的表扬及通令嘉奖。

于是,他就成了全市小有名气的优秀通讯员,吸引了不少远方虚心好学的写作同行前来求教拜访。

杨永汉的酒量本来并不大,那日一时高兴却喝得白脸红眼晕晕乎乎。

于是,崇敬莫名的好友小刘便就他推出张淑霞这么重要的先进典型虔诚地当面讨教。

杨永汉抹了一把脸,大笑之后溢出两滴闪亮的泪花。他歪着身子凑近小刘说我真的没有什么秘诀,真的没有,只是碰巧那张淑霞是我的老婆,那王二能是我的妹夫罢了。

于是,不亦乐乎的远方客——小刘,双眼瞪得铜铃大,瞅着杨永汉半天才叫了一声"哇"。

作者附注:本故事纯属虚构,如有雷同,请读者诸君切莫对号入座。

谁说我是流氓

　　去年夏秋之交,我应邀去省城修改一部书稿,紧张忙碌了二十多天后便打道回府。当搭乘一位到省城办事的朋友的小车返回唐州时,路过中途的清远市,我忽然想起来,过去有位比较投缘的作家哥们儿老朱就住在这座城市。算算我们已经有好几年没有见面了,也没有和他打招呼,就决定下车去看看他。

　　进了市文化馆,忽觉有了便意,就在大院里找到一处公厕,打算进去方便一下,再去找在这大院里上班的老朱。谁知刚走到厕所门口,就听到左侧的厕所内传出了优雅舒缓而动听的豫剧唱腔。由于喜欢戏曲,我知道这是豫剧名家阎立品的名段《秦雪梅见夫灵悲声大放》:"实指望结良缘妇随夫唱,又谁知婚未成你就撇我早亡。你说是中状元名登金榜,窈窕女歌于街出嫁状元郎……"厕所内的女性虽然声音不大,却唱得如泣如诉、动人心弦。知道那边是女厕所,我就向相反的厕所门走进去,心里还在随着那唱腔声声附和。可是正当我悠悠入内,突然一声低沉的女声传来:"想干啥?臭流氓!"

　　女人的说话声立马将我惊醒,我抬头一看,那妇女慌忙起身系裤带,我这才知道自己走错了便池,急忙跑出来要进另一侧去。可那里面的女声还在继续痛说着"悲苦的心声",我只好慌不择路地跑出那个厕所。

　　意想不到的是,后边那妇女收拾好"行装"冲出厕所,嘴里大喊着"抓流氓"，不依不饶地撵了出来。人过四十，又是所谓"人类灵魂的工程师"，竟然做下这等"丑事"，我也顾不上文人的斯文和清高了，满面羞红地手掂提包，打算不再看望那位作家朋友，大步向大门口跑去。

倒霉的是，还没等我跑到大门口，就听到那位妇女呼喊门卫拦住我。门卫是一位年轻体壮的小伙儿，只见他飞步过来，一下扭着我的胳膊，嘴里嚷嚷着："你耍了流氓还想跑？没门儿！"我忙解释说："小师傅，我……我只是进去，我真的没有耍流氓！"见我支支吾吾的一时也说不清，这位年轻门卫腾出另一只手，唰地给了我一拳："老实点儿，没有耍流氓人家会撵你？"这时，正好那位妇女也赶了过来，嘴里不停骂着，还凑近来照我的脸上扇了一耳刮子，打得我眼冒金星，愣着神儿一句话也说不出来。

正在撕扯叫骂的当儿，从厕所走出来一位四十多岁的中年人。我一看，这不是老朱吗？随即像见了救星似的叫了一声，眼泪差一点儿掉下来。朋友老朱分明也认出了我，他一脸惊愕地望着我问："你咋会在这里呢？"我便把如何来找他，如何进错了厕所说了一遍。

老朱听完后不好意思地说："你刚才在厕所听到的女声唱腔就是我的声音呀。"随后他就向我做了解释，说他一直爱好戏曲，没事儿的时候爱哼唱几句，去年还参加了由本市退休下来的一些豫剧票友组织的戏剧社。他因为嗓子好，也爱戏曲，在几位票友的撺掇下，闲余的时候就去凑个热闹，最近正准备好好练练反串旦角，过些时间，还准备参加某卫视举办的戏迷擂台赛呢！

一听是这样的缘由，我哭笑不得地轻拍了老朱肩头一下，说："好啊！老朱，是你差一点儿让我做了一回'流氓'啊！"

功　德

刘家庄的刘四爷为人和善,穿戴素朴,平时总是着一件蓝衫,脚蹬大口布鞋,是一位面善心慈之人。附近的乡亲们遇上难事,如果找到他,他总是会尽力帮忙。

那年春天,邻村张家营张老五的独子被军阀强行征兵。张老五可是遭罪人啊!他上有八十岁老母,下有儿媳随外乡人私奔,小孙女还患有癫痫病,而他老婆又身染肺结核。儿子一旦当兵走了,家中失去顶梁柱,这可是大事儿啊!他在家中苦思许久,经人劝说找刘四爷帮忙说情。刘四爷仗着是一方有名士绅,二话没说,就通过县长找到县保安大队,说张老五的儿子系独丁,按理不能应征入伍。一番慷慨陈词,加之县长从中说合,保安大队长当即通知放人。为此,张老五承情不过,砍了一块猪后臀尖送到刘府,刘四爷稍作推辞,就大方地"笑纳"了。

另一件事儿是关于西村的侯石头的。传言侯石头家有私财,土匪宋黑皮听说后带人绑了侯石头的票,让其老婆在三日之内送上三十两银子,否则撕票,也许是侯石头得罪了冤家,人家使了黑手。眼看无钱拿出,其老婆就去找刘四爷帮忙。刘四爷听说是宋黑皮所为,心中有了底——有一年,宋黑皮出外为匪,其母突发重病无钱医治,刘四爷知道后慷慨解囊,才使宋黑皮的母亲转危为安。后来,宋黑皮归来得知详情,带了钱来到刘四爷家当面致谢。而刘四爷手一摆说,花几个小钱何足挂齿,可宋黑皮执意要表示心意。恭敬不如从命,刘四爷就只好收下——果然,刘四爷暗中出面调停,使侯石头没有花钱便平安无事。为感谢出手相助之恩,侯石头将自己家的一只山羊送给了刘四爷。

多年来,刘四爷不善经营田地,平时又爱交朋结友,花去了不少钱财。到了民国二十五年,他已从千顷大户沦落为只有300多亩田产的庄主。五房妻妾为他生养了十多个儿女,这年秋天,他以51岁的年纪又娶了一位19岁的姑娘做太太。由于他过度溺爱六姨太,其他妻妾极为不满,几个人钩心斗角、互相掣肘,很快使家道中落:大太太自杀身死,二太太也给他戴了绿帽子,就连戏子出身的六姨太也不堪忍受,趁一个冬日的凌晨,带上两年来攒下的首饰细软悄悄出走了。

六姨太的离去对刘四爷是一个沉重的打击,这让他始料不及。自己论情论理也算性情中人,怎么就得不到好报呢?

刘四爷思前想后不得要领。这日突发奇想,为了积一点儿功德,他决定在村后的五垛山上修一座寺庙,将来自己出家做住持。

说干就干,刘四爷前往十多里外的桐寨山云梦寺,见了如一和尚,说了自己花钱投资建寺的想法。如一和尚沉吟多时,说道:"你建寺庙是为自己的前世今生赎罪是吧?"刘四爷惊诧地挥舞手臂说:"不是不是,我建寺庙是积福行善,普度众生呢。"

如一和尚紧闭双目双手合十,喃喃说道:"善哉善哉,阿弥陀佛。"

不顾三姨太、四姨太、五姨太的竭力劝阻,刘四爷拿出了剩余的一半家当,在五垛山的山顶修起了一座金碧辉煌的寺庙,并取名"凤佩寺"。凤佩,是六姨太的艺名。

半年过后,凤佩寺主体工程落成后,寺内很快又塑起了三世佛彩塑,即前世佛、现世佛、未来佛彩塑。随后,刘四爷又特意请来了桐寨山云梦寺的高僧,举行了一个开光仪式。

家中的一应事务委托给三姨太之后,刘四爷就去了凤佩寺。

做住持之前还要举行一个"升座"仪式。

那日,在凤佩寺的大殿里,人不多,除了刘四爷,只有如一高僧和几位随行的和尚。在一根根红色蜡烛的辉光中,刘四爷跪在三世佛前行了三拜九叩大礼,之后被桐寨山云梦寺的高僧如一赐名为"秋一"。

一应礼数做完之后,虔诚地跪在佛像前的刘四爷——现在的住持秋一,低头小声询问如一师傅:"我做的这一切事儿到底有多少功德?"

如一想了想,说出了令秋一吃惊的三个字:"无功德。"

秋一扬起了头,不理解似的看了看如一:"何以无功德?"

如一稍稍提高了声调说:"此是有为之事,不是实在的功德,就是说,你虽然花了重金建了佛家圣地,但并不是真诚地为佛门尽善,而是为了个人私利求所谓的功德,所以就没有功德。"

秋一实在想不通,他竭尽全力想做一件善事,却没有得到应有的报偿,他跪在那里想寻找一个答案。

如一长叹一声,幽幽说道:"你六根不净,被凡间俗事所累,难有所成。如果一个人心无杂念,你所思所想都为的是帮助别人,哪怕所做的是一点点小事儿,那这一点点小事儿就会有莫大的功德。"

空旷的大殿里没有了声息,许久,等到秋一再抬起头来看时,哪里还有人? 如一师傅和几位随行和尚早已飘然而去。

三天之后,凤佩寺第一任住持秋一悄然离去,不知所踪,有的说他去了少林寺,有的说他去了南普陀,有的说他投海自尽了,始终没有一个确切的音信。

最后一回

　　王二是个小偷,却怀揣有大专文凭。此人机警精明,爱好广泛,不但通晓《孙子兵法》、八卦、《易经》、星相占卜之术,而且对美学、心理学、厚黑学等深有研究。他平时还有写日记的习惯,除了那些尚未得手的忽略不计之外,他将每回所偷钱物均记录在册,从中可知他创造了连续偷盗999次而无一失手的纪录,银行存款已达到6位数。

　　999是个吉利的数字,王二痛下决心,决定金盆洗手,准备结束这十多年来提心吊胆的日子,娶个老婆生个孩子。

　　可是,今早刚一起床,王二有了一种跃跃欲试的心情,蓦然间改变了主意:何不偷够1000回,也许以后也能申请上世界吉尼斯纪录!

　　一想到要再偷最后一回,怀着侥幸心理的王二便胡乱吃了早点,脱掉高级西装,换上经常穿的那件夹克衫出发了。

　　吃小偷这碗饭的都有规矩,王二的地盘一直锁定在S市的火车站、汽车站附近。这会儿是上午10点多,火车站广场上人头攒动。他在人丛中溜达了几趟,终于锁定了猎物。那是一对有钱的阔佬美妇,男的60多岁年纪,秃顶,冬瓜身;身边的长发女郎20岁出头,穿得花枝招展,一看就是个二奶,这一对肯定是出外旅游的"野鸳鸯"。刚到火车站他俩就买了车票,然后到售票厅不远

处一个偏僻的长椅上坐下,又说又笑柔情蜜意。不一会儿,两人又为什么事儿争得面红耳赤。突然,阔老板不耐烦地从小腹处的大皮包内掏出一沓钱甩给美妇。谁知,她仍不知足地说长道短,阔老板索性解下大钱包摔给她,愤愤而去。

长发女郎捡起皮包装进了大旅行包,随后,背上包来到一个零售亭前,买了一瓶饮料,边喝边在广场上慢慢走着。通过多年的职业经验,王二知道那阔老板返身回去,这女情人也不会有兴致一人出外旅游,如果短时间阔老板不回来,长发女郎十之八九可能会打道回府。

按地理位置推断,这售票厅、候车室前是小广场,如果回去要下20多级台阶到下面的大广场。王二悠闲地下到台阶的中间守株待兔。

心烦意乱的长发女郎回到原来的长椅上坐了一会儿,左看右瞧,又打手机、发短信,看来一切无望。忽然,她站起身,背上旅行包向回转。就在下到台阶中间的时候,王二与长发女郎相遇,擦身之时仅仅相撞了一下,短短几秒钟,那个鼓鼓的大钱包就神不知鬼不觉地跑到了王二左手胳膊所搭的夹克衫下。

意想不到的是,那长发女郎向下走了几步,顷刻又回来,噔噔噔几步追上王二就要动手。当然,久经沙场的王二也不是省油的灯,只见他闪身躲过,扔掉手中的夹克衫抢步上台阶,却被早已等候在台阶上面的两个便衣警察逮个正着。

一看是警察,王二大喊冤枉:"我可是好公民呵,你们抓错人了!"

一位警察冷笑道:"老实点儿,抓的就是你。"说着,二人将他架到了车站派出所。

在车站派出所里,那长发女郎脱掉假发套,换了警察的装束,微笑着拿出那个大钱包,从里面拽出了几叠白纸,嘴里说道:"对于你这个惯偷,我们盯你也不是一天两天了。"那大个子男警察也不服气地说:"只是你太狡猾,生性多疑行踪诡秘,好几次都逃脱了。"

再说啥都是多余的,在戴上手铐的那一刻,王二真是悔青了肠子,想不到最后一回却彻底栽了,这真是螳螂捕蝉黄雀在后,百密必有一疏啊!

底　线

云梦寺的老方丈圆寂了。

继任住持如一为老方丈做了超度。为了满足老方丈的遗愿,如一要为他买回一口棺材装殓,葬在桐寨山上。过去寺里每一位僧人"升天",都实行的是水葬,就是搭一个竹筏,将亡人放在上面,顺着柳溪河水流向日出的东方。

桐寨山下有一家也是唯一的一家棺材铺,老板叫尤喜贵,50多岁的年纪,过去与老方丈私交甚深。作为施主,他经常来寺内烧香拜佛,老方丈下山也常常到他那里化缘,彼此来往,互相都认识,找他买棺材肯定好说话,如一就让小和尚惠能去了。不过在惠能走时,如一再三交代他,按现在的市场价,一口棺材40串钱,不要超过这个底线。住持如一平时很节俭,也很认真。

惠能带着40串钱去了,向尤老板说明了买棺材的情况。尤老板对于老方丈的离世表示了一番哀悼后,却说卖棺材只能是一口价100串钱。惠能再三恳请,甚至说他们的老方丈与他尤老板过去有私交,而他尤老板多次在寺内用膳,应该"手下留情"。

尤老板冷冷地说道:"交情是交情,生意是生意,做生意讲求的是利益。再说卖棺材这价格也是行规。"

什么行规?竟然超过了一倍多的钱。惠能看尤老板铁板一块,只好恳求道:"尤老板,离寺之时,住持只给了我40串钱,希望你能开恩。"尤老板摆摆手,毫无通融的余地。惠能只好扫兴而归。

回到寺里,惠能向如一住持说明了情况,如一沉吟多时,道:"也许施主有其他隐情也未可知。"随后,就换一位中年和尚一尘前去交涉。一尘走时,如一给了他60串钱,让他以此作为底线。

以前,一尘与尤老板也是认识的。这天一尘见了尤老板后,就开门见山地说,我们老方丈五天后就要出殡,受住持委派,就带了这60串钱,恳望尤老板能收下,给云梦寺一点儿薄面。

尤老板想了好久,像是下了莫大的狠心,最后才告诉一尘,看在与云梦寺老方丈多年交往的份儿上,这一口棺木就算作80串钱吧!

一尘当下暗想:明明卖给别人一口是40串钱,咋卖给我们就80串钱呢?因为只带了60串钱,一尘做不了主,只好回寺复命了。

当天云梦寺没有来人。第二天仍然没有来人。

到了第三天一大早,如一住持来到了棺材铺。他来后一不与尤老板叙旧情,二不谈买棺材的事情,而是跪在尤老板的棺材铺门口闭目诵经。

尤老板开门一看,如一师傅跪在大门一侧,吃惊地说:"如一师傅这样做竟是为何?"

如一睁开眼睛说:"尤施主,恕贫僧来迟,鉴于你六根不净,我是特来给你超度的。"说罢继续诵经。尤老板赶忙请如一起身喝茶,可如一始终不语,尤老板只得随他去了。

到了前晌,有几人前来买棺材,一看有位和尚跪在棺材铺门前,其中一位主事的小声说:"今天这里看来有啥事儿,不如我们回去自己做吧。"说着话,那一群人相继走了。到了中午,一连几次都是如此,尤老板沉不住气了,看人都走了,就来到如一住持的面前说:"我的老师父,你快起来吧,我的生意都被你吓走了。"

"尤施主此话差矣,我以善为本,慈悲为怀,你六根不净,我特意为你超度,你怎能口出此言?"说到这里,如一住持双手合十,深施一礼,然后,继续诵经。

尤老板在如一住持面前再三解释,到最后几乎是恳请如一师父快点儿起身进屋叙话。好久,如一闭目说道:"作为一方住持,看到施主如此心怀杂念、六神无主,真是罪过罪过,我实有失察之责,还愿大慈大悲救苦救难的观世音菩萨能网开一面……"

尤老板看如一住持闭目诵经一直不起来,心火涌起,稍稍提高声调问道:"如一师傅,你今天这样到底想干啥?"

"超度。"如一住持不软不硬地说。

尤老板犹如醍醐灌顶,忙拿出5串钱放在如一面前。

如一依然故我。

看到如一不理,尤老板又加到了10串钱……如此数次,尤老板加到了20串钱。

这会儿,如一睁开了眼睛,说:"尤施主,我怎能要你的钱呢?"这一说,让尤老板犹坠入十里雾中。他半信半疑地问道:"你既然来超度化缘怎能不要钱财呢?"如一说:"出家人不打诳语,我希望你能施舍一份善心。"

尤老板恍然大悟。他长叹一声,再次蹲下来,小声地对如一说:"老方丈与我有私交,我本应该献出一口柏木棺材,惭愧惭愧。"

如一站起身,向尤老板深施一礼:"善哉善哉。"然后,扬长而去。

很快,尤老板套上马车,将一口柏木棺材亲自送上了云梦寺,并向老方丈叩头祭拜。如一住持当面向他致谢,并把尤老板的事迹记到了功劳簿上。

尤老板要走的时候,如一住持命一尘给他送行,并交给他40串钱。尤老板执意不要:"我既然是送,还要什么钱呢?"

如一坚定地说:"不,这钱你一定要收下,全当是车马辛苦费。"随后,他又补了一句:"做人一定要有底线。善哉善哉,阿弥陀佛。"

尤老板深深鞠一躬,一步一回头地赶着马车走了。

杀　鸡

一年前,有位朋友送我一对母鸡,其中有一只小白鸡,活泼好动,非常可爱,不到几个月时间它就出落得"楚楚动人",那一身雪白的羽毛,让人特别喜欢。在一群鸡子中,它尤其"做活",秋天到来之际,几乎天天生一个大鸡蛋,很少歇窝,就连妻子也不止一次地夸奖它勤劳能干。

可是今年初夏后,白母鸡变得贪滑了,吃的粮食多却下蛋少了,还时常闹空窝,就是进了鸡窝长卧不出,出窝后一看却是空的,占着茅坑不拉屎。这极大地影响了其他同类的正常工作,为此,我很鄙视它。

接下来它仍是如此,长时间卧进鸡窝不出来,别的母鸡前来下蛋,它还无端地啄人家,这不是找揍吗?似这样回数多了,妻子非常生气,就施以体罚,将它拽出鸡窝后放小河里浸,用细麻绳捆扎着它的翅膀,以鸡翎插鼻子让它进窝不便……谁知诸种惩罚的方法用遍,它就是屡教不改,后来干脆紧缩身子躲进鸡笼底层盛鸡粪的地方不出来,要么出来后发疯似的跑向不远处的水塘里,胡乱啄一些漂浮物后就匆匆回笼子里了,这样周而复始拖了一个多月。白母鸡的叛逆行为惹火了妻子,她决定杀鸡。

妻子这个果断而英明的决定一出,杀鸡这一光荣的重任就交给了我,这让我倒吸了一口凉气。平时,我是一个还算有名的外科医生,别看操手术刀游刃有余,但让我杀鸡的确是一件非常困难的事情,因为我这人心地特别善良,从不杀生。我趁妻子高兴的时候,便把自己的为难讲给她听。她一想,也是这个理儿,不过折中的方法是,我不杀鸡可以,但我必须找一个人来替我杀。

这天晚上,我用了半夜时间终于想到了一个合适的人选,她就是我的岳母。因为,我在与妻子谈恋爱的时候,经常去讨好岳母,比如过去干些修修电器、搬搬东西等力所能及的活儿,每逢这时候,岳母一高兴就会杀鸡款待于我。

第二天,我把这一"议案"提交给妻子,她想了想也只好勉强同意。

那段时间,岳母正醉心于学习打太极拳,直到一个星期后她才姗姗来迟。一到我们家,她就从灶房拿出菜刀磨刀霍霍。面对即将到来的一幕,我不忍去看,就借故出门去了。临走前,我心怀怜悯地再次走近鸡笼,去向曾经可爱过的白母鸡做最后的诀别。我蹲下去,探头向鸡笼里面细看,忽然听到里面有啾啾的鸡鸣,我觉得这可能是自己的一种幻觉,便再次屏息凝神地听,但这叫声的确发自鸡笼的深处。我慌忙拿一根木棍伸向里面轰赶,突然,那只白母鸡夅着翅膀咯咯叫着向我扑来,那后面分明还有三只毛茸茸的小鸡雏在啾啾叫着。

这时,我为白母鸡庆幸,便闪身一旁兴奋地叫道:"快来看哪,白母鸡孵出小鸡娃儿了!"正烧水准备烫鸡毛的妻子和拿刀的岳母闻听都跑过来,看到这一幕一时也傻眼了。

呵,白母鸡!你不曾辩解也不会抗议,忍辱奉献自己无私的母爱,却差一点儿走上断头台。这会儿,我的双眼有点儿湿润了,回头望妻子,她的脸上也饱含着复杂的情愫。为了掩饰自己的负疚之情,她慌忙回屋拌了最好的鸡食,轻轻地放在了里边,随后,还用木棍点数着里面的小鸡雏,一只、两只……一共十二只。好半天,妻子才喃喃地说道:"差一点儿误杀了它呀!"

当下,我和妻子商议,永远不杀这只白母鸡。

生死草

20年前的一天,桐寨山下的桃花湾来了一位外乡人,他来到童逸灵的石屋内,一见面就请老童发发善心救他一命。原来这人是南阳一木材厂腰缠百万的老板,叫乔木业。他一年前得了性病,之后转成膀胱癌,经多方医治无效,偶然机会听柳溪街上一位朋友介绍,镇东南方桃花湾的老童采药世家出身,自爷爷辈在桐寨山中发现一味具有灵异效力的生死草后,癌症百治百灵,就悄悄寻来。

老童一听,面露为难之色,这味生死草确实神奇,但它生长在爬满青藤的悬崖峭壁之间,难以采挖不说,更重要的是只有等到霜降后采回使用,才效力最佳,而现在是深秋时节。再者,此药仅此一丛,每年只能医治两三人,也多是那些家境贫寒的危重病人。乔木业被老童委婉拒绝后并不死心,他"扑通"跪在地上苦苦求情,见老童略有松动,便从随身携带的提包内取出几沓钱钞放在面前小木桌上说:"这是两万块钱,事成之后,这钱就归你了!"

只见老童淡淡一笑说:"多年来这种药给乡亲们治病,我可是从没有收过钱。"可乔木业不依不饶:"那这回你一定得收下,如果我的病能治好,会再给你追加三万。"童逸灵是个本分的挖药人,终身未娶,后领养了一个左胳膊有残疾的男孩。两年前,儿子高中毕业,为使他生活能自理,便送他去郑州一技术学院自费学习,希望将来能学一门手艺——眼下还欠了 5000 元外债呢。经过一番思想斗争,老童心想,这回就破破例吧。他带上抓钩、绳索、药铲等一应东西,临走前交代乔木业在石屋内等候,他去去就回。

走了几里山路,老童来到桐寨山一处叫鬼见愁的悬崖上面,比量了一下方位,将绳子拴在一棵大树上,然后,慢慢荡了下去。当他忙活半天采到了一棵生死草后,便一把一把地拽着绳子艰难地攀上悬崖。正在他解着身上的绳索之时,忽听得身后有动静,回身一看,却见是乔木业探头探脑地走近,就不悦地抱怨道:"说了你在屋里等着嘛,你上来干啥。"

乔木业十分关切地解释说:"一直不见你回去,一个人等得怪闷的,就上来了。"说着话,气喘吁吁地解开衣扣扇着风。

一看老童在收拾东西,乔木业就讨好地过来,迫不及待地想看看神药是什么样子。老童不假思索地从怀中取出。乔木业接过去,眼前顿时一亮,哇,好奇特呀,它叶状如云竹碧绿青翠,根部就像一只娃娃鱼,深褐色,有根须飘动。端详了一阵,他抬起头面对老童,露出一丝诡异的坏笑。突然,乔木业从腰中抽出一把匕首,说:"老头,多谢了,明年的今天就是你的忌日,我会给你多烧些纸钱的。"

"你……你……"老童指着乔木业,咬着牙说:"你这卑鄙的小人。"

"哈哈,世间无毒不丈夫,你不能怪我,"说着话,乔木业挥刀刺去,老童踉跄躲过,两个人围着悬崖拼死搏斗。老童毕竟是 60 多岁的人了,加之采挖生死草体力消耗过大,腹部连中两刀后,被乔木业一把推下了悬崖。

原来,就在老童上山的时候,阴险狡诈的乔木业就暗中跟了过来,当老童荡着绳索下到采挖生死草的险要位置那一刻,乔木业便萌生了新的发财的梦想:干掉童老头,独占这治癌的专利。

按照老童刚才的样子,乔木业重新系牢了绳索小心下去。一个钟头过去后,在浓阴缠绕的青藤下,看到了那一大丛云竹似的叶子。他下来的本意是实地勘察一遍记牢位置。就在他试着摸出药铲探看生死草的根部时,猛然间,却惊悚地"啊"了一声,只见盘踞在药丛根部,有手脖粗的两条乌灰色毒蛇同时咬住了他的手臂。他大声叫喊,可惜山谷里空寂无人……

一直等到第二天上午,一位牧羊人率先看到了悬吊在山腰上的乔木业,经人拽到悬崖之上,发现他整个身体呈青紫色,肿胀难看,人早已命丧黄泉;而山下深谷里的老童也已经气绝身亡。

自此以后,这味能治各种癌症的生死草,好像在桐寨山蒸发了一样,了无踪迹,任好多人百般寻找,再无一丝影踪。

失　身

冷风凛冽,寒夜如斯,闪化武向院中扔出一块猪头肉制止了狗的吠声,然后飞身落入院内,凑近窗户,舔开窗纸,在夜色里分明看到屋中人已经进入沉沉的梦乡。接着,他从肩头的褡裢里取出一支竹筒,将一包"蒙汗药"粉吹进屋内。做完这些后,闪化武在心里恨恨地说道:"燕玉山,你个老贼也有今天。"

闪化武原是做药材生意的,经常去神农架收购红花、天麻、杜仲等药材贩往中原宛城,生意不错。

可这一回从神农架归来,偶尔见到胞兄闪化文欲言又止的样子,感到有什么事情发生,随即向他询问详情,方从胞兄的口中得知,自己的妻子吴槐花被人侮辱。一个顶天立地的大男人,如今让人戴了绿帽子,是可忍孰不可忍。他经过一番仔细思量,决定杀掉那个欺负过妻子的燕玉山……

屋内鼾声如雷,他从正门处用手中的一柄刀具拨开了门闩,然后举着刀轻轻走过去,打算一刀结果了他的性命。

闪化武一步步向床头靠拢,贴近后将一腔怒火融进这一刀之中,狠狠砍了下去,而心中思忖,仅这一刀就能让他立时毙命。令人想不到的是,当他用平生之力挥刀砍下,只听见"铛"一声,手臂一震,手中的刀猛然弹回,像是砍到了一块铁砧上。他正要抽身一旁,不料后心有硬器顶着:"不要动,把手里的刀放下。"

孤单一人身处这样的黑夜,又不辨周围环境,好汉不吃眼前亏,闪化武只得将手中的刀扔在了地上,接着,他双手举起,身子缓缓转过来,在蒙眬的黑影里看到一个四十多岁的壮汉站立在面前,便问:"你是不是燕玉山?"壮汉回道:"正是,你是不是有什么误会找错了人?"

"你不要胡说八道,来前我已经问得一清二楚,"闪化武胸有成竹地说,"你糟蹋了我的妻子,还想抵赖?!我的哥哥闪化文亲口告诉我的。"

听到闪化武这样说,后边的壮汉收起刀子说道:"你肯定是误会了,先消消气再说。"之后,点亮屋中油灯,继续道:"不用说你就是闪化武了?!"

"你知道也好。我来问你,你为啥要糟蹋我的妻子?"闪化武厉声问道。

"闪壮士,你多心了,"壮汉又道,"我与你的哥哥闪化文倒是有点来往。两年前他曾因赌博输钱借我二十两银钱,那天我去找他要钱——"

听到壮汉这样说,不由得令闪化武多了个心眼儿。闪化武的妻子吴槐花长得肤白如雪、漂亮可人。一次,他去神农架回来,听妻子说,兄长闪化文曾说话放肆,行为轻佻,有调戏她的嫌疑,当时他还大骂吴槐花凭空诬陷好人,而妻子再三表示闪化文的确是一个衣冠禽兽。而这次他从神农架回来,看到吴槐花哭哭啼啼,说在那天半夜时分,有人敲她的门,她不开,那人只得悻悻离去。哪想半夜时分,有人趁她睡着拨门入内……

当晚,闪化武回到闪家庄,他并没有去找兄长闪化文,而是去找了隔壁邻居钱三鑫询问此事,钱三鑫闭口不提此事,说自己一概不知。闪化武假意威胁他,你不说实话就是你对我妻子图谋不轨。经不住闪化武的再三追问,他终于说出了实情。原来,那天上午,燕玉山曾来找闪化文要账,闪化文却搪塞,打发人家离去。当时燕玉山走的时候钱三鑫也知道。闪化文是个赖皮,经常在赌场上借账不还,臭名远扬,燕玉山也没有放在心上。倒是当晚,钱三鑫恍然看见闪化文哑着声音去敲吴槐花的房门。因为是邻居又不便得罪,就没有吱声。闪化武问钱三鑫说话算不算数,钱三鑫说当然有啥说啥。

闪化武带上刀子追到兄长闪化文的家中,在闪化武厉声追问下,闪化文不得不一五一十地供出了自己奸污胞弟妻子的劣迹——当即被闪化武狠狠地扇了几耳光。

毕竟闪化文是他的同胞哥哥,这件事说出去赔了夫人又折兵,是一件得不偿失的事情,不如将此事打住为妙。不几日,闪化武买了礼品亲自去壮汉燕玉山的家中赔礼道歉,一并将兄长闪化文所欠的20两银钱归还于他。

理　发

小征是我的近门兄弟。

那时候我们都是十六七岁的半大小伙,队里请来了一位理发师傅,他四十多岁年纪,姓段,独身一人生活。虽然他貌不惊人,但是剃头的手艺可是狗撵鸭子——呱呱叫。人都有弱点,老段剃头可以,要是理起我们这些"假知识青年"头来,就显得赶不上潮流了,尤其发型不好掌握。为这,小征就串通我们几位好友打算轰他走,再找一位年轻一点又顺应形势的理发师傅来理。村里的老五爷知道后,把我们训斥了一顿,说人家老段剃头是行家,不但光头刮得好,还会"捏老晕儿""拿大顶"等绝活,一般人根本不行。

没能赶走老段,小征就心生一计,放出风说这老段前后都骚,不但与他兄弟媳妇有染,而且还是一个"坐虎"——有天晚上天下大雨,老段没能回老家段营,与村里的山娃通腿睡觉,结果却与山娃搞同性恋。这是小征授意这样说的,而且说得活灵活现有鼻子有眼儿,很快风传了整个大队。

不久，老段自动放弃，不来理发了。很快，其他生产队也不用老段理发了。老段觉得没面子很丢人，就一气之下担上剃头挑子下了湖北。

队里一时找不来合适人选理发，便招来了老五爷一些年长人的臭骂和斥责。有些事情可以拖一下，但这理发可不能拖，无奈小征就从亲戚那里借来了一把推子为我们试着理发。原本理发是一种享受，但是让小征来理发简直是让人受刑，不是戳了头皮就是夹了头发，如果有人喊叫，他还一本正经地调侃说："忍住忍住，嫁给男人就不要怕家伙大，想省钱就不要怕头皮疼。"这话听得人哭笑不得。

这样一来，我们乌黑亮丽的头发就成了小征学理发的试验品。

那回，轮到小征给我推头，刚一落座，他为我围上一条烂包单，拉开架势理发，样子颇像那么回事儿。不过因为他用的推子好久不磨，刚推了几推子，一夹头发我就开始喊疼。他则安慰我说："不要紧，我挪挪地方推后边。"到了后边仍然是夹头发，他就挪向左右两侧。就这样挪来挪去，我的头上凸一块凹一块，那样子肯定难看。到后来，我疼得冷汗直冒，实在坚持不下去，猛地站了起来。他则在一旁劝解说："不要紧的，不中我干脆给你推成光头。"我不理他，进屋找来一面破镜一看，感觉像狗啃，简直成了横路敬二。我咧开嘴巴，笑得比哭还难看，再也不想受这份洋罪。等到后晌，我找了一顶绿军帽戴上，向爹要了二毛钱去街上找国营理发店修成了一个小平头。

以后，我们几个小伙伴都不让小征理发了，一旦他拿着推子找来，我们就会双手作揖向他呼喊："求求你，饶了我们吧！"很

快,村里风言风语传出,小征撵走理发匠老段就是想自己学门手艺另立山头。

没有人让小征理发了,这对他是一个很大的打击,为此,他发誓非要下功夫学会这门技术不可。随后,他前去拜一位瘸腿理发师傅学艺,还按照指导在一个葫芦上练刀功,短短两年间功夫大有长进。不久,他就开始利用劳动间隙为队里的人义务理发,推、剃、剪、烫弄得有模有样,在方圆几个庄上小有名气。到后来,他不要钱人家也要攥着向他兜里塞。

之后,我考上了省城一所大学,离开了家乡,听说小征先是包村理发,后又到柳溪镇开理发店。

去年,我从省城回乡,却不见了小征,听乡亲们介绍,说他前年秋天去了武汉,在那里开了一爿美发厅,不久还开了分店,高薪诚聘了三四名女理发师,生意是芝麻开花节节高啊!

报　复

王五和赵六是一个村的人,曾经歃血盟誓成为换帖弟兄。

王五家境比较贫寒,房无一间、地无一垄,父子二人靠打长工度日。而赵六家情况就大不相同,他家不但有十多亩田地,还养着一头小毛驴,有三进大院,开着豆腐坊,手里钱很多,为此他时常背着父母暗中接济王五。

前些年,王五父子把几年攒下的钱在唐家洼西边买了几亩河滩地,然后,起早贪黑地干,不到三年,又添了五亩薄地,王五还娶了一个年轻貌美的媳妇,日子是芝麻开花节节高。可赵六就不同了,他因为家庭条件好,时常出入赌场,加之又染上了抽大烟的恶习,时间不长便家道中落。赵六眼见着王五家田地每年在不断添置,院落也在不断扩展,还有两个儿子长得英俊漂亮,可他儿子却像他一样,瘦小纤弱长相一般,心理不平衡啊!随后,他就心生一计,买通了黑道上的人绑架了王五的大儿子,非要500块大洋,否则撕票。

王五的父亲是一个视地如命的人,这几年所有的收入都置办了田地,不幸遭此横祸,手中还真的没有那么多现大洋,就让儿子去找赵六想办法。赵六见到王五到来,从眼里挤出了几滴同情的眼泪说道:"五哥,对于你家长子的不幸,愚弟深表同情,但是,你也知道,这几年我们家年景不好进项不大,真是心有余而力不足啊!"而他心里在暗暗盘算:"我能给你钱吗?我还想从你的腰包里敛财呢!"不知情的王五并没有知难而退,他还进一步地向赵六恳请,几乎要跪下来,想让他看在结拜兄弟的面子上,找一下他的亲戚伸手相助!可赵六一口回绝,说眼下兵荒马乱的,谁会有钱放在屋里给人?

王五只得怏怏而归。

眼看三天期限将至,王五还没有筹措够500块现大洋。绑匪又送来口信,如若王家明天再不送钱,到子时,他的儿子必死无疑。

山穷水尽的王五才凑到80块大洋,距离500块大洋远远不够,这可怎么办?无奈,王五只得再次觍着脸求到赵六的门下。赵六照例安慰了王五一番,就以试探的口气与王五商议:"五哥,侄子不幸也是我的不幸,可惜我力不从心,这样吧,目前唯一的希望,去找一家地下钱庄暂借一时,不过要用你全部的家产做抵押。"王五救人要紧,只得满口答应。太阳将落山之际,他找到钱庄和中人签字画押,才凑够了500块大洋。

可惜事情并没有预想的那么简单,可恨绑匪收了赎金后并没有放人,而且违反行规,竟然撕票。

这下子人财两空,王五和父母真是五内俱焚、欲哭无泪。

赵六听到这一噩耗,上门来安慰王五和家人,人死不能复生,并劝说王五:"好在你还有一个儿子。"王五就拉着赵六手说:"实在对不住六弟呀,让你枉操了一番心思。"

"没有枉操,没有枉操,我尽力了就中。"赵六沉着声说。

安慰一番,赵六就提出了地下钱庄的回头账,说定一个月到期,到时候不付钱就要他们交出田地和房产。

那事情的结局就很明白,开始王五没有借到钱,如今就可想而知。一个月后,王五因付不起500现大洋,只好被扫地出门,一处大院落再加上二十多亩的田地都归别人所有。

也许是因祸得福,王五家失去全部财产之后,就到柳溪街跟人帮工,手中攒了一些钱后,正逢一位扬州商人开的一爿日杂商铺转手于人,他们就盘了下来。父子俩干中学,学中干,不到四五年就成了街上有名的商家。

自打王五离开唐家洼后,他的房产便被赵六霸占。俗话说,做贼三年,不打自招。赵六那年在与几位朋友小酌时酒后吐真言,说出了当年绑架王五儿子的内情,不想此话传到了王五的耳中,他连说几句"想不到",而他的父亲则让他不要轻举妄动,今后再不能透出半句口风。

也许应了那句人在做，天在看，十多年后一个春节的除夕之夜，因为孩子们放鞭炮，引燃的"呲火箭"钻进了赵六家的柴火垛内也没有在意。谁知到了后半夜，大火熊熊燃烧，风助火势，火借风威，将赵六家的全部院落尽数烧尽，赵家屋中所有的人悉数葬身火海，赵六唯一的一个儿子赵须根因去一位朋友家，才躲过此劫。十里八村的人都说赵六这是该得的报应啊！

穷在街头无人问。一夜之间，赵须根成了穷光蛋，父母爷奶相继离世，过去的亲戚们见了他如此模样都退避三舍。柳溪街茂源日杂商铺的王五，听说赵须根一下子成了孤儿，就前去唐家洼，将他接到了家中好生照顾。

开始的时候，赵须根还有点不随便，王五就对他说，须根，你可知道，我与你爹是八拜之交换帖弟兄，如今你家中遭难，我理当照顾。赵须根听罢感激涕零。

这赵须根已经是18岁的大汉了，要说理应给他找上一份差事去做，可王五并未如此，而是让他天天吃好的喝好的，闲来无事弄上一根鱼竿让他到柳溪河边去钓鱼。过去在家中手不能提肩不能挑的赵须根，见王五如此的照顾，也乐得自在，整日游手好闲。村里人对王五不但不对赵六的儿子视为仇人给以报复，反而还百般关照颇为不解，就连他的家人和亲戚们也颇多埋怨。每逢这时，王五总是呵呵一笑不置一词，只在他的心里总会响起一个声音：这样做，才是最好的报复。

大个杨

中医先生大个杨，在我们附近名气很大，尤其治疗小儿积食很有一套，他不让患儿吃药、打针，仅靠推拿，几乎治一个好一个。新中国成立初期，为人治病多是义务，要是病人病好后承情不过，最多也只是送几十个鸡蛋或是称上二斤红糖。当然，他也不好负了别人的心意，就只好笑纳了。

那是20世纪50年代的事情，农村年景不好，上边强行让多卖"余粮"，因为大个杨为人厚道，在村里威信比较高，上边的工作队就推举他为粮食委员。那时"人有多大胆，地就有多高产"，到了秋后，队里先是召开大会让诸户自报上缴的粮食，可是粮食本就没有那么多，社员当然不愿多报。眼看挨家做工作效果不好，上面领导就指示抓几个"钉子户"做典型，为的是杀鸡给猴看。

这让大个杨颇为难，因为村里人大多姓杨，一个老坟上烧纸，叔伯弟兄邻里乡亲，低头不见抬头见，眼看着粮食歉收，你让他们强行交出，这不是强人所难吗？上边逼得急，权衡再三，他为了应付差事，就把自己近门三叔拉出来批斗一顿，把屋中粮食挖出来充公。吃斋念佛的三婶一时想不开，第二天悬梁自尽。心有愧疚的大个杨为了弥补过失，五天后的一个深夜将自己家的口粮送过去一袋，却被三叔撒到门外。

此后，三叔与他结下梁子不再来往。

不久,大个杨辞去粮食委员,带着全家去了20多里外的李白湖行医。"文革"后的第二年,他举家迁回,这时三叔仍然不与他说话。他曾经几次登门表示和解,但是,三叔大骂一通将他赶出门去。

一日午后,大个杨从几里外的柳溪镇买了一包中草药徒步回来,中途休息一阵,正好遇上三叔赶着生产队的铁轱辘牛车从街上回村。他站在路旁主动和三叔搭讪,说自己中午遇一朋友,在街上喝了点酒,头晕心跳腿发软,再说还背着一大包中草药,想凑凑三叔的车。谁料三叔"喔"一声停了车,以蔑视的眼神望着大个杨厉声说道:"老大,你这会儿看见我是你三叔啦?你当年卖余粮的劲头哪去了,心狠手辣想灭门霸产,哼哼,今天想凑车,没门。"说罢,甩了一个漂亮的鞭花儿,赶着牛车扬长而去。

自此,大个杨回家后便一病不起,而且他不顾儿女、老伴和亲友们的劝说,滴药不沾汤饭不喝,很快脸瘦得变了形。他对家人絮叨得最多的一句话就是,这辈子对不住三叔。

他知道自己有肺痨,加上气火攻心,很快不久于人世。那日,他让儿子叫来村里德高望重的五爷,喘着粗气说明了原委:自己也没有几天阳寿了,临撒手之前,想请三叔看在他将死之人的面子上过来一趟,他好当面给他道个歉,了却自己的一桩心事。

五爷就派人去请三叔,他不来;没有办法,五爷舍了面子亲自去请,谁知他仍然不来。

当天夜里,大个杨服下数颗巴豆饮恨自尽。

第二天早上,当三叔得知大个杨自尽的死讯之后,跌跌撞撞跑来,这个连亲生父亲死时都没有掉泪的硬汉,"扑通"跪在了大个杨的遗体前……

可惜这一切为时已晚,成了一个永远的遗憾。

穿越宋朝

因一些鸡毛蒜皮的小事情,姚一柳与老婆闹了矛盾。他最近心情一直不好,尤其厌烦透了像个机器人似的,整天待在公司的办公大楼里做事,他渴望找一处心中的世外桃源,那里没有手机、没有电脑、没有高度紧张的工作内容,放松一下自己紧绷的神经。于是,他拟定了一个计划,向公司老板请假十天出门旅游。

一个风和日丽的秋日早晨,姚一柳带上一应东西出发了,直奔目的地豫西南的西峡淡水风景区,当他看完恐龙遗址园后,就远离其他游客,选择了一条人迹罕至的荆棘小路向山上攀去,大约走了两个多小时,来到一片荆丛遮蔽的凹地,竟然发现了一个不大的山洞。想不到不大的山洞,越向里走空间越大,好像是一个大礼堂,足有万余平方米,每走一步,就能听到"嗡嗡"的回音。后来,他绕着边缘墙壁走,发现向里面延伸还有无数的小洞,他该选择那条路进去呢?

此时的姚一柳胡乱选择了附近的十个洞口,一一标号选择两处,然后,从口袋里取出一枚一元钢镚在地下旋转猜正背面,等他打开电筒一看是六号洞口。那就听天由命吧,他就顺着这个命中注定的洞口走去,里面弯弯曲曲、诡异恐怖。为了能记住回来的路,他撕扯了一些红布条,每走十多米后,就用竹签绑上一条插在一侧的墙壁上。忽然,他选择的洞道向下延伸,洞的直径慢慢变窄,越来越小,到后来竟然只能爬着才能前行。猛地,姚一柳听到了阵阵沉闷的响声,打开电筒仔细看,下面竟然是呼呼生风的暗河,这让他的心头陡然一惊。姚一柳缓慢地向后退去,谁知不小心撞到了一侧的墙壁,只听得"轰隆"一声巨响,他一下子失去了知觉……

不知过了多长时间,姚一柳才慢慢醒来,感到自己躺在一条大街上。那街很窄,两边的铺面相距只有丈余宽,而每一处铺面都排列着陈旧的门板,十分狭窄的街面上行走的都是一些身穿宋朝服饰的人们,这很像是在哪一部电影里看到的画面。但是,他揉揉眼睛又掐了一下大腿,感到这一切似在梦中,仿佛又是现实中的事情。这一会儿,他感到肚子很饿,便爬起来拿出一张百元人民币去买烧饼充饥,谁知卖烧饼的大嫂接过钱看了看说:"你没有铁钱?咋用这种纸糊弄人啊?"姚一柳不明就里,忙说了一声对不起就走了。随后,他拿着这张人民币去了几个地方都不收,其中一个开包子铺的中年大汉将他轰赶出来,还骂他是骗子。

没有这种铁币钱就吃不成饭,姚一柳只好拿出手机给老婆打电话联系,让她给自己的银联卡上打些铁币,可他打了半天,没有一丝回音,一看手机屏幕竟没有信号。在路过一卤肉馆时,闻着那阵阵卤肉香,姚一柳再也管不了那么多了,抢上前抓起一块猪腿啃了起来,店主看见勃然大怒,让身边两个彪形大汉,将他暴打一顿后扔到了大街上。

不多时,一位卖豆腐的老汉看不过去,就问姚一柳家住哪里姓甚名谁。可是姚一柳实在说不清楚,只道自己是上山——也许是采药吧,就来到了这里,想以药材换些米面,不想遇到强盗抢劫就沦落到如此地步。那老汉姓周,就十分同情地让姚一柳到他家

去暂避一时,距离不远,就在东郊的周家庄上。

　　卖豆腐的周老汉,家有一女名叫荷叶,年方二八,见了眉清目秀的姚一柳很是喜欢,对他眉目传情秋波暗送,顿顿热汤热饭地伺候。几日后在村里人的说合下,竟然让他入赘上门,与荷叶拜堂成亲。

　　开始几天,姚一柳沉浸在温柔乡里还不觉得怎样,过了四五天感到寂寞,他对荷叶说,最近来到周家庄,肯定冷落了我的那一帮网友们,想用电脑上网聊聊天。哪知荷叶根本不知电脑、上网为何物。他说要不在附近找一处网吧。她说找渔网可以,找网什么吧,这里根本就没有。他只得沮丧地说去城里转转。荷叶只好将那头拉磨的小毛驴给他牵出来,让他骑着去。姚一柳一看傻眼了,没有摩托车算了,怎么连个自行车也没有哇?他隐约记得,他的家住豫西南的古宛城,为什么他的家乡能上网,而这里不行呢?没有电脑、没有摩托,手机不能打,也不能与网友们倾诉衷肠,姚一柳渐渐对这里的生活感到厌倦和烦闷,开始怀念他与妻子在一起那些浪漫而美好的时光。

　　这天夜里,他忽然梦见了自己在宛城的妻子,述说了自己的思念之情,妻子同情他,就说想回你就回来吧。而他说自己已另有老婆,怕是破镜难圆,说罢,哭得一塌糊涂。正在他绝望之时,忽听得一声霹雳巨响,他跑向了一座寺庙,为泄幽怨,撞响了庙宇里的古钟,谁知有僧人闻声喝问,是何方施主擅自撞钟,说着就要捉拿他。姚一柳吓出一身冷汗……等他醒来时却发现自己躺在家中的卧室内。妻子看到他醒来喜极而泣。他惊愕地左右看了看问道:"我这是怎么了?"妻子忙解释说:"你终于醒来了。你招呼也不打,就去了西峡淡水风景区,在那里远离人群去爬山,不小心摔了一跤跌下谷去受了伤,好在被人及时发现……如今已经躺了两个多月了。"

姚一柳想想自己这些天如梦似幻的遭际,不由得长长舒了口气。大难不死必有后福,他拉着老婆的手,感慨地说:"老婆,我爱你。"

鸡血红玉镯

范林离开旅社,在街头匆匆吃过早点,便拎上包赶到汉口花鸟市场,他向左右同行打过招呼后开始摆摊。

一应珠宝玉器刚刚摆放停当,就见一位穿戴考究的银发老头由人陪着一路问过来,看样子不是华侨就是港台大款,一定要狠狠宰他一回。二人走到摊前立足未稳,范林就满脸堆笑、手托一尊翡翠菩萨迎上去。老人敷衍似地摇摇头。他接连又推荐几件做工较好的工艺品,可惜老人都不中意。

忽然,老人双眸一亮,蹲下身拿起一只红玉镯仔细观察。范林不失时机施展出生意人的口才和精明,反复强调说这手镯为鸡血玉,出自新疆火焰山,是十分难得的玉中上品,尔后让其分辨这上面天然的红丝花纹是多么珍贵。老人听罢一番诱人的介绍问多少钱一只?范林伸出三根指头说不贵,一只只要三千块。陪同的小伙砍价到一千五。双方争了半天,范林装出狠心的样子压至两千。

老人手拿镯子又细看了一遍,抬起头随口问道:"听口音您是河南人吧?""河南南阳。"范林三句话不离夸耀,"俺那边玉器可是闻名世界哩。""哟,咱还是老乡呢,俺老家是桐柏。"一说是老乡,彼此的距离拉近了,范林又做让步:"好吧,既然是老乡,俺就保个本,就按一千五一只吧。""不,就按两千。"老人心情有些激动,深为他乡遇故知而欣幸,忙从衣袋掏出一盒长剑烟,递给范林和身边的小伙,自己也嗑了一支,点燃后深吸了一口,咳了一阵后,便掐灭扔在水泥地上,然后说道:"你知道我为什么要买这只红玉镯吗?"范林摇摇头。老人就讲了其中的缘由。老人姓段,1949年随国民党部队去台湾前曾回过一次老家,临分手时,妻取下一只红玉镯让他带在身边,盼望久后有团圆的日子。谁知一别40多年过去,前几日他回乡,却再也见不到妻儿……说到这里,老人潸然泪下,随手从年轻人手提的皮箱里取出一只红玉镯。范林接过细看,知这手镯质料纯正、做工精细是件珍品,虽经几十年沧桑,通体依然晶亮透明、鲜艳如血,比起他卖出的那只不知要强多少倍。所以,老人接着说,"到武汉我就抽空过来,想买一只红玉镯带回台湾,也算表示一点对老妻的怀念之情。"

范林油然升起对老人的恻隐之心,因为,他的家里也有过类似的遭遇。他的爷爷也是那时去的台湾,不久新中国成立,本族人欺奶奶孤儿寡母,想强占家产逼她出走。奶奶没有办法,带父亲不辞而别,远嫁到百余里外的南阳北范营……自从他记事起,奶奶时常提着爷爷的小名怒骂不休……

老人站起身要走了。范林客套几句无意间扫一眼,一道电光在脑海闪亮,他分明看见老人的两只耳朵边缘均长有三个长长的肉疙瘩——人们叫拴马桩,难道世界上真有这等巧事?冷不丁他站起身,有点失态地压低声音叫道:"老先生,请等等。"他越过摊位走近去,"请问你是不是叫段世海?"只见老人瞪大了眼急问:"你怎么会知道?"

范林冷静一下,想到亲生爷爷一去无音信,害得奶奶好苦,便淡淡地说:"你可能知道李清华吧,她就是我的奶奶。""真的?是真的?"老人揉揉浮肿的眼睛问:"她现在在哪里?"范林便讲了多年来奶奶饱尝的辛酸和甘苦。自奶奶又嫁入范家,生一儿一女,继祖父依然在世,只是奶奶眼下患了肺气肿……

听完一番诉说,老人掏出一张印有台北海达商贸公司总经理的名片递给范林,随后颤抖着手记下了范林家的住址。因为老人中午要出席一个在武汉的投资项目签字仪式,下午马上乘飞机经香港飞回台北,所以不能久停,恋恋不舍地转身欲走。范林不好意思地掏出两千元钱还给他,老人坚辞不要。范林这才深感内疚地说出了其中的原委:"实际、实际这手镯不是真正的鸡血玉,它是我用普通的玉镯经高温,再冷却加工制成,成本只值8块钱。"

老人"哦"了一声,停了停说道:"不过,这只红玉镯虽不值钱,但对我也许很有价值,就让我做个纪念。至于这几个小钱,就算我送给你的见面礼吧!"

最后,在陪同小伙的搀扶下,老人走了,走不远,他又回头招手道:"记住,我会回来的。"

目送老人远去,范林心头涌起一股说不清的苦涩滋味。

坐 禅

在桐寨山的舍身崖旁,站着一位身体羸弱、精神萎靡的书生,不用说,他肯定有什么想不开的烦心事,选择这里结束自己年轻的生命。正在他再次凑近崖前欲跳下去的时候,后面响起了一声低沉的呼唤:"后生且慢。"

年轻的书生惊愣了一下收住脚,回过头来,一看是一位身穿袈裟的和尚,不由得心头一紧,抱怨道:"我想寻死,关你什么事儿?"

和尚双手合十置于胸前说了一声"阿弥陀佛",然后又道:"人的身体发肤受之父母,不能草率行事。退一万步说,你假若真的想自寻短见,我想拦也是拦不住的,只是老衲想知道你为何要轻生?而且非要选择在桐寨山的舍身崖?我想知道这里面的是非曲直,你不妨说说。"

年轻书生低下头,犹豫了一下,伤感地说:"我就是说给你听了又有什么用呢?"

"肯定有用,"和尚幽幽说道,"一来,我是这桐寨山云梦寺的弘一住持,你死了是解脱了,可你死在我的地盘上,我则脱不了干系;二则,你年纪轻轻,自然有父母兄弟姐妹,日后万一问起来,我也有个交代。"

听罢弘一住持的一席话后,年轻书生万念俱灰的内心仿佛有所领悟,他缓缓地回身过来。弘一住持一把拽住他的衣袖,轻轻拉着他来到一块岩石前并排坐下。此刻,年轻书生一脸漠然、默不作声。弘一住持便问,你有什么心事请说出来,老衲能帮则帮,不能帮也绝不坏你的事情。他一连说了几声,书生右手不停摆着,有点烦躁地说:"不说不说不想说。"弘一住持劝说道:"人生一世,草木一秋,没有过不去的坎儿,只要你把心中这个结解开,心绪自然就会慢慢好起来的。"

年轻书生还是没有说话。

弘一住持继续劝解:"你是不是遇到了什么难处,家里有了什么变故,还是发生了让你揪心的不幸?"

突然,年轻书生捂着脸哭起来。弘一一看慌了神,忙掏出一方黄手帕递给他,擦去满面泪痕。稍后,书生才断断续续说出了其中的缘由。原来,他出生于桐寨山北的曹冈庄,家有几十亩地,今年已有十八岁,是一位正读私塾的学生。最近父母给他说了一门亲事,准备定亲后秋后给他完婚。无奈,他心中有了一位心仪的女子,是他姑姑家邻居的女孩,偶尔他串亲戚到姑姑家的冯湾去,一来二去日久生情,就与这位叫冯青云的女子好上了。可惜冯青云家虽然有七八亩地,相比还是有点贫困,父母便认为门不当户不对,不同意这门亲事。眼看再过三天就要定亲,一旦定亲,媒妁之言怎能轻易反悔,所以他就心生了死的念头,决定来到这桐寨山的舍身崖了却一生……听到这里,弘一住持给他讲了一个故事。

有个人,在他童年的时候,母亲就因为想不开而自杀身亡。母亲自杀的时候,他正好看见了,于是在他幼小的心灵中就留下了阴影,这种阴影一直无法从他心中抹去。在他十五岁的时候,弟弟也自杀了。亲人接连不断地死亡给他一种错觉："死亡才是人的最终去处。"于是他也尝试死亡，但是屡次得救。报恩寺的住持看他可怜，将他收容在寺中。但是他认为自己没有任何用处，留在人间只会更痛苦，还不如一死了之。

一天，住持去看望他，见他神情萎靡，便对他说："我不能救你，你要自救！你可以每日坐禅，但是我要告诉你的是，坐禅其实是没有用的。"

那人疑惑地问道："既然没有用，那为什么还要坐禅呢？"

住持回答道："就是因为没有用，所以才要坐禅呀！"

那人顿悟了："人活着不是为了有用，而是为了生存。"

死亡本身并没有什么可怕的，死了就死了，不必恐惧，不必担心，只是把自己的事交给别人处理，这是一种不负责任的态度。人应该为自己的事负责，而不是把自己的事交给别人！当你死了之后，你考虑过你的父母兄弟姐妹，他们为你痛苦难过吗？你一走了之一了百了，却把失去亲人的痛苦和不幸留给了亲人，这是一种不负责的行为……果然，弘一住持的一番劝解没有白费，年轻书生仰起脸，擦去脸上的泪珠淡然一笑问："师傅，那你说我不该死？"弘一住持点点头说："不该。""那我是不是还要继续活下去？""你还年轻，来日方长，当然要继续活下去。"

年轻书生站起来，恭恭敬敬地弯腰向弘一鞠躬。弘一住持双手合十放在胸前："阿弥陀佛。"年轻书生恋恋不舍地走下山去。

多年后，这位年轻书生便成了桐寨山云梦寺第二十七任住持。

逃 兵

　　游击队的副队长罗青和宋玉响、小安徽被敌人打散了，为了避开敌人的严密搜捕，罗青搀扶着受了重伤的小安徽，宋玉响断后，趁着夜色匆忙蹚过刺骨的柳溪河，艰难地爬上了玉皇山半腰。来到一片山坡上，小安徽呻吟了一声，蹲坐在地上，鲜血染红了衣裳。刚才在敌人的追赶下，他的腿部和胸部连中了三枪。罗青将他靠在一棵栎树上，撕下一块衬衣布，为他草草包扎了一下。这时，嗖嗖的枪声又骤然响起，敌人又追上来了，情况十分危急。

　　此处不是久留之地，应赶快脱身。"快走。"罗青要背小安徽，可小安徽执意不走，再三说自己快不行了，绝不能连累他和小宋。随后，他拔出一把匕首就要自我了断，幸亏罗青眼疾手快，将匕首打落。

　　目前已陷入绝境，三个人因蹚水过河浑身湿透，身上打着冷战。这会儿，小安徽伤势严重又经水浸泡发起了高烧，已休克过去两次了。此时正值隆冬寒冷的夜晚，如不想办法离开，危在旦夕。

　　罗青低声劝说小安徽服从命令马上离开的当儿，宋玉响在旁边犹如一头困兽不停焦躁地走动着。身为玉皇店远近闻名的土财主宋保成的大儿子，宋玉响去年在省城上学，后来秘密加入桐柏军区文艺宣传队……面对残酷的现实，他的思想斗争十分激烈,心里波动很大,这一切都被心急如焚的罗青看在眼里。突然宋玉响站定,向副队长罗青发泄不满:"如果一起走,我们肯定全部完蛋。"停了停,他见罗青不说话又接着说:"不如这样吧,我先走,探探路,随后恁俩跟上。"说罢,他迟疑了一下扭头而去。忽地,罗青"咔嚓"从腰里拔出手枪,子弹推上了膛:"站住,你是不是想当逃兵?"

宋玉响慢慢转回身子,扭曲的脸上带着冷笑:"罗队长,我尊重的是事实,如果我们一起陪着小安徽去送死,忒不值得了。"

此话不言自明,是让罗青放弃小安徽,然后,两个人尽快冲出去,早一点离开这个是非之地。这时小安徽身上又一阵抖动,他用那微弱的声音恳求道:"罗队长,小宋说的有……有道理,你……你们快走,我来掩护。"说着,他吃力地拽过身边的步枪……

只听罗青一声低吼:"住手,我是副队长,现在一切都听我的。"

"不,"宋玉响说,"我是军区文艺宣传队的,你只能保护我,却不能干涉我的自由。"

等了一会儿,罗青低下了头,经过一番痛苦的抉择,然后嘶哑着嗓子说:"好吧,你一定要走,我不留你,希望你好自为之吧!"

与此同时,宋玉响解下了腰中的皮带和手枪,一起放在了罗青的面前。他退后了几步,然后扭过头去大步流星地走了,背影很快消逝在浓黑的夜幕里……

敌人吆喝着走近来。事不宜迟,罗青慌忙抱了小安徽,不顾刺扎枝挂,悄悄向一片荆丛中躲去。

一个连的国民党兵虚张声势地从坡下的树丛中穿过,吆喝叫骂着远去了。

夜深了。不一会儿,又下起了鹅毛大雪。罗青见敌人已远去,将处于半昏迷状态中的小安徽背到了一处山崖下,在附近拣了不少荒草、松毛堆放一起,然后他搂抱着小安徽,两个人用体温相互取暖,艰难地度过天明前这段漫长的时光……

第二天,接应的部队赶来,击溃了这股敌人,罗青和小安徽二人意外得救,而宋玉响却死在距此二里多地的一片山洼里。

经查明,他是被冻死的。

心　魔

江湖侠士蔡一田带着先锋剑出发了。

他找应轩辕报仇的心愿由来已久。

本来,蔡一田与应轩辕同时拜在佛教拳七星大师的门下为徒。尽管蔡一田个头稍高虎背熊腰,但在习武上缺少毅力,总想偷懒。而应轩辕就不同了,性格沉稳、行事果敢,又吃苦耐劳,师父每天教授的套路让练习二十遍,他总要多练十遍,直到挥舞得满头大汗才算罢休。半年之后,七星师父让他们二人在演武场当着二十多个师兄弟表演,不管是拳术套路还是刀枪剑戟,应轩辕都略胜蔡一田一筹。稍后,师父命他二人空手对练佛教拳,不到十多个回合蔡一田就败下阵来。一圈的师兄弟为蔡一田喝着倒彩,让他颜面尽失。看到他颓丧的模样,师父黑着脸让他们再来一次。蔡一田只好从地上爬起来,怒气冲冲地再次与师兄应轩辕

交手,结果他再次失利,弄得灰头土脸。

经过这一回的战败,蔡一田发下重誓:一定要勤学苦练,使武功超过应轩辕。可惜连续两年,在多次的比武中,从未胜过应轩辕,这让他懊恼不已。可他连续败北之后却没有认真反省,而是一味迁怒于师父七星大师,认为他有偏心,肯定在背后为师兄应轩辕开了小灶,多教他招数和套路。蔡一田越想心中越不是滋味,便偷偷离开了七星大师的七星武馆,到二百多里地外的红铜山拜高僧乾一住持为师,学习七煞拳。据江湖上传言,这七煞拳是佛教拳的克星,不管套路和拳法都略胜佛教拳一筹。通过三年的苦练,他的武艺在师父乾一住持的精心教诲下,果然长进不少。不过,此后在向师父说明他要找应轩辕寻仇的时候,乾一始终没有答应。他只好擅自行动,在一个漆黑的夜晚,给师父留下一张纸条悄然下山。

七星武馆设在宫阙山下。

蔡一田在附近暗中观察了几天,还向乡民打探有关应轩辕的详情,听说应轩辕目前已升任了七星武馆的副教头。正好这几天七星大师应邀去南少林切磋武功,留下应轩辕负责馆内的一应事务,不用说,此时正是一个绝好的机会。

这天晚上,宫阙山下七星武馆的演武堂内,一盏油灯闪烁着暗淡的光影,面对着正堂上方供奉的关羽造像,跪在蒲团上的应轩辕双手合十放置胸前,双眼闭合,心中默念着佛教拳中的口诀。忽然,面门上有轻微的气体拂过,他微微启开一线眼帘,似觉高挂在墙体一侧的油灯有轻微的飘忽。他又闭上眼睛,念口诀的声音反而稍稍大些了。

霎时,有一阵凉意贴近了应轩辕的脖子。

他知道这是一把柳叶尖刀，第一反应是遇上了刺客。但是应轩辕丝毫没有惧怕，冷冷一笑，开口道："何方侠士，竟敢私闯武馆，想来有些来头，请报上名来。"

蔡一田故意捏着细腔说道："你还是不知道名讳为好，否则，吓破你的苦胆。"

"那也好，"应轩辕仍然闭着双眼道，"我面前的桌案上放有十两纹银，请侠士拿去就是。"

蔡一田嘿嘿一笑，仍然操着尖细的腔调说："钱财乃身外之物，对我没有什么诱惑，我最想要的是'七星秘籍'，请你说出在哪里。我取走后，咱们今后井水不犯河水。"

"如果我不说呢？"应轩辕立时睁开了眼睛。

"我会让你开口。"蔡一田持刀的手稍一用力，但并没有看到他想要的结果，脖颈处好像包裹着橡皮。他再次用力，这回倒是被暗中运气的应轩辕猛一用力顶了回来。就在蔡一田稍一愣神之际，应轩辕右手肘猛一用力，接着一个就地十八滚，躲开了蔡一田的追杀。

应轩辕倒翻立起扎了个门户，厉声问道："你到底是谁，竟然干这种猪狗不如的卑鄙之事？"

此时的蔡一田也不说话，挥舞着手中的尖刀再次向应轩辕扑去。只见应轩辕闪身躲过，再反身一个扫堂腿，蔡一田踉跄一下差一点倒下。应轩辕并没有紧追不放，而是用讥笑的口气说道："蔡某人，请拉下你的头套吧。"

蔡一田一看被应轩辕识破，只得扯下黑色头套扔在地上，也不回话，怒气冲冲地飞步向前挥拳打去，要置应轩辕于死地。应轩辕顺势一闪身，蔡一田向后边扑去，差一点倒地。他迅速起身

再向应轩辕出招,被应轩辕一个"兔子蹬鹰"踢向一丈开外,而应轩辕就像一个钉子那样仍然站立在那里。这让蔡一田很是气恼,他又一次用脚踹,被应轩辕拉住了一条腿翻向了前边,重重地摔在地上。怎么回事儿?原本这七煞拳法是能胜过佛教拳法的,为何效果不佳?

顷刻,应轩辕说话了:"蔡师弟,我念在与你同门,手下留情,劝你还是快点离开七星武馆吧。记住,武功的精妙之处在于心诚,心诚则灵;再说了,等到兄弟们听到动静,一起出手,你是断然没有活路的。"

蔡一田心中知道,今天想要取胜的希望渺茫,三十六计走为上,他站起身,瘸着腿离开了演武堂,小声地说:"姓应的,你等着,我不会放过你的。"

想不到,蔡一田回去后仿佛像中了魔怔,四肢无力头昏脑胀,所有的武功尽失。他求师父乾一住持细察后诊治,乾一住持看过后头一摇说:"你中的是心魔,看来我是无能为力。"蔡一田问他,其他人能治吗?乾一住持说:"解铃还须系铃人,想要治好,只有找应轩辕求求情才有一线希望。"

蔡一田叹息一声,用那只尚能活动软弱无力的右手击向自己的脑门。一阵眩晕,他口吐白沫歪倒在地上……